長編推理小説

紀伊半島殺人事件

西村京太郎

祥伝社文庫

目次

第一章　白浜—東京

1

四月十二日は、朝から、爽やかな風が、南紀白浜に吹いていた。

ここ二、三日、雨が降ったり止《や》んだりで、南紀らしい天気に恵まれなかった。

それが、やっと晴れたという感じで、ウィークディにも拘らず、JRの白浜駅には、かなりの観光客が、降りて来ていた。

白浜着一五時一〇分の特急「オーシャンアロー17号」でも、四十人余りの観光客が、降りた。中年の男女のグループが多いのは、まだ、若者の夏の季節ではないからだろう。

その中に一人、他の人々と、どこか雰囲気の違う六十五、六歳の男がいた。

長身で、髪は、銀白色、きちんと、背広を着たその男は、どこかの大企業の幹部という感じだったが、何よりも、他の観光客と違ったのは、その表情だったろう。

他の観光客は、南国らしい明るい陽光と、温泉と、海の出迎えを受けて、どの顔も、明るく、はしゃいでいた。

その男だけは、昨日までの雨空みたいに、憂うつそうな顔をしているのだ。

わざとそうしたのかどうかわからなかったが、彼は、他の観光客たちが、タクシーで、出発してしまってから、ひとりで、タクシーのりばに現われた。

男は、車に乗って、

「シーサイドホテルへ行ってくれ」

と、いった。

白浜の駅は、海岸に近い白浜温泉から、車で十分ほどの所にある。駅前に、小さな商店街があり、土産物店や、飲食店があるのだが、普通の温泉街のように、それらが、連なっていなくて、タクシーが走り出すと、ヤシ並木が続き、立札ばかりが、やたらに、目立つようになる。

白浜空港への立札、サファリパークの立札、千畳敷といった白浜の観光名所への案内などである。

「シーサイドホテルですと、十二、三分で着きますよ」

と、運転手がいったが、客は、黙っている。

バックミラーに眼をやると、眠っているわけでもなく、じっと、窓の外の景色に、眼をやっているのだ。

運転手も、話の継ぎ穂を失って、黙ってしまった。

やがて、右側に、海が見えてくる。K大の水産試験所がある。入江の中の埋立地に、巨大なホテルが見える。今日は、波も、穏やかだった。ヨットハーバーから、ヨットが、一隻、出発して行く。

「シーサイドビューというホテルは、潰れてしまったそうだね？」

ふいに、客が、きいた。

「ええ。半年前に、潰れました。白浜でも、バブルが、はじけてから、何軒か、ホテルが、消えました」

「なぜ、潰れたんだろう？」

「さあ。どうしてですかねえ。お客の評判は、良かったんですがねえ」

これは、本当だった。

地元のタクシー運転手の耳には、いろいろな噂が、聞こえてくる。ホテルの盛衰も聞こえてくるし、客の評判も、聞こえてくる。

シーサイドビューは、客の評判が良かったし、経営が、行き詰っているという噂も聞いていなかったのに、半年前、突然、営業を停止してしまったのである。

「お客さんは、よく、シーサイドビューに、泊られたんですか？」

「いや、一度だけ、泊っただけだが、応対が気に入ってね。今年も、泊ろうと思ったんだが、閉館されたと聞いて、びっくりしているんだ」

と、客は、いった。

客のいったシーサイドホテルは、三年前に開業したホテルで、丘の上にあった。

そこに向って、S字カーブの登り坂をあがって行くと、海が見えかくれし、白浜空港の赤い誘導橋が、見えたりする。

客は、シーサイドホテルに入ると、フロントで、

「東京の上田貢一郎だが」

と、いった。

「海のよく見えるお部屋ということなので、最上階の1001号室を、ご用意しておきましたが」

フロント係が、答える。

「海のというわけじゃなくて、シーサイドビューが、見える部屋といった筈なんだが」

「角部屋《かどべや》ですので、それも、よく見えますが、あのホテルは、もう閉館されておりますが」

フロント係が、首をかしげた。

「思い出だよ」

と、男は、短かく、いった。

ボーイが、十階の一号室に案内した。

正面のカーテンを開けると、巨大な一枚ガラスの窓一杯に、太平洋が、広がっている。

だが、男は、それには、興味のない顔で、右側のカーテンを開けた。

その下には、海沿いの道路が伸び、その先に、出島のような、四角い埋立地が、見え

た。その埋立地には、八階建の、洒落《しゃれ》たホテルが立っている。いや、立っていたというべきか。今、そのホテルは、営業を止めてしまっているからだ。

SEASIDE VIEW

の文字が少し、赤錆びて見える。

ホテルの裏手には、百トンクラスのクルーザーが、繋留されていて、その船にも、ホテルと同じマークが、入っているのだが、多分、もう、所有が変ってしまっているだろう。

男は、しばらく、ホテルや、クルーザーを、眺めていた。

そのあと、窓を開け、ベランダに出て行った。煙草を取り出して、火をつける。

「ここに、お茶を出しておきますから」

と、仲居が、声をかけた。

「ありがとう」

男は、部屋に入って来た。

「あのホテルを、見ていらっしゃったんですか？」

仲居が、いう。

「ああ。シーサイドビューね。去年の今頃、一度だけ、泊ったことがあってね。感じのいいホテルだった。女将《おかみ》さんも、美人でね」

「評判がいいホテルでしたよ」

「そうだろうね」

「うちも、楽しい設備が、いろいろ整っておりますから、よろしく、お願いします」

「ここの社長さんは、確か、花田賢臣さんだったね」

「お客さん、うちの社長を、ご存知なんですか？」

「いや。名前を知っているだけだよ」

と、客は、いった。

2

男の要望で、部屋での夕食になった。

あまり、食欲はないようだったが、その代り、よく飲んだ。最初は、ビールだったが、そのあとは、地酒を冷やで、飲んでいた。

酒は、強いらしく、一升近く飲んでも、平然としている。酌をした仲居が、いろいろ話しかけても、殆ど、返事をせず、ただ、飲んでいた。

食事が終ったのが、八時半頃である。

「夜中に、飲みたくなるかも知れない」

　と、客が、いうので、仲居は、酒の仕度を、ベッドの枕元にしておくことにした。

　それに、軽い夜食の仕度もである。

「ありがとう」

　と、男は、いい、チップを二万円くれた。部屋に迎えた時に、一万円のチップを貰っていたから、いい客だなと、仲居は、思った。

「お休みなさいませ」

　と、仲居は、あいさつして、部屋を出るとき、男が、携帯電話を、取り出しているのを見た。

　それを、仲居は、別に、珍しいと思ったわけではない。今は、たいていの泊り客が、携帯電話を持っていた。

　翌十三日も、いい天気だった。

　事件は、その早朝に起きた。

　午前六時頃、ホテル下の海沿いの道路を、自転車で走ってきたホテルのボーイが、芝生の中に、浴衣《ゆかた》姿の男が、倒れているのを発見した。

　しかも、その浴衣には、シーサイドホテルのマークが、入っていた。

　ボーイは、まず、支配人に知らせ、支配人が、警察に通報した。

白浜警察署から、大木と、林の二人の刑事がやって来た。殺人の可能性も考えられたからである。

芝生に倒れていた男は、頭蓋骨が砕けていた。明らかに、転落死だった。

ホテル側の話では、前日の十二日にチェックインした1001号室の客だという。確かに、死亡していた場所は、その十階の一号室の真下だった。

二人の刑事は、案内されて、十階の角部屋に入った。

「広い部屋だな」

若い二人の刑事は、感心したように、部屋の中を見回した。

風呂が二つ、大理石のものと、檜風呂のものがあり、トイレも、二つ、ついている。

「泊り客は、上田貢一郎でしたね？」

大木刑事が、案内した支配人にきく。

「はい。東京の方です」

「ひとりで、泊るにしては、ぜいたく過ぎる部屋ですね？」

「上田様の希望でしたので」

「この部屋にしてくれと、いったんですか？」

「予約の時、シーサイドビューホテルが、よく見える部屋にして欲しいといわれたんです」

「シーサイドビュー？　ああ、半年前に、潰れたホテルのことか」

「そうです。それで、この最上階の部屋を、ご用意したわけです。いくら高くても構わないと、いわれましたので」

「ここから、シーサイドビューが、よく見えるんですか？」

「こちらからです」

支配人は、右側の窓に案内した。

二人の刑事は、窓の外に眼をやった。なるほど、眼下に、閉館されたシーサイドビューが、よく見えた。

林刑事の方が、急に、眼を光らせて、

「ベランダがありますね」

「はい。窓から出られるようになっています」

「上田貢一郎は、ベランダに出たんじゃないかな」

「そういえば、窓ガラスが、少し開いているね」

と、大木刑事が、応じた。

「それに、専用のサンダルが、手すりの近くにあるよ。ちょっと、ベランダに出てみよう」

「おれは、駄目なんだ。高所恐怖症でね」

大木が、尻込みをする。林が笑って、ひとりで、ベランダに出て行った。

手すりにつかまって、眼下を見下してから、

「間違いない。ここから落ちたんだ」

「十階からじゃあ、助からないな」

「亡くなった客についた仲居さんを呼んでくれませんか」

と、林は、支配人に頼んだ。

井上君子という中年の仲居が、呼ばれた。

彼女も、事件のことを知っていて、青白い顔になっていた。

「昨日の客の様子を話してくれないか」

と、林刑事は、いった。

「午後六時半から、この部屋で、夕食になりました。お酒の好きな方で、ビールを五杯と、お酒を一升近くお飲みになりました。夜中にも、飲みたいとおっしゃるので、ベッドの枕元に、お酒と、軽い夜食をご用意しました」

「その時、客は、浴衣姿だったのかね？」

「はい。夕食前に、この部屋の檜風呂にお入りになったといっていらっしゃいました」

「ベッドの枕元だね」

林刑事がいい、大木刑事と二人で、ベッドのある部屋に入って行った。

ベッドに、寝た様子はなかったが、ナイトテーブルの上の酒は、半分ほど飲まれていた。夜食は、そのままだ。

「夜中に、酒を飲んで、ベランダに出て行き、転落したのかな?」

「かも知れないが――」

「司法解剖すれば、どのくらい飲んでいて、泥酔していたかどうか、わかるだろう」

と、二人の刑事は、話し合った。

東京の上田貢一郎の住所に、連絡が取られた。

宿泊者カードに書かれた電話番号に、林刑事が、かけてみたのだが、なぜか、通じなかった。

現在、使用されていないという。そうなると、住所も、信用できなくなってきた。

白浜警察署の署長の名前で、警視庁に、この住所と、上田貢一郎という人物について、調べてくれるように、要請した。

家族の承諾を得てから、司法解剖に回したかったからである。

二十四時間して、警視庁から、回答があった。

〈ご照会のあった、東京都杉並区下高井戸六丁目二十六番地一号の上田貢一郎について、報告します。

杉並区下高井戸には、一丁目から五丁目しかなく、六丁目は、存在しません。念のため、一丁目から五丁目までについて、二十六番地の一号の地番について、調べましたが、そこに、上田貢一郎という人物は、住んでおりません。従って、上田貢一郎という氏名も、偽名の可能性が強いと、考えます〉

しかし、シーサイドホテルでは、上田という男が予約したという。

そのことを、ホテル側に聞くと、予約係は、上田貢一郎の携帯電話に、連絡したのだと、いった。

「何でも、外出していることが多いので、携帯の方へかけて欲しいと、いわれましてね。連絡は、上田様の携帯にしました」

「その番号は？」

「もちろん、控えてあります」

予約係のいう番号に、林刑事がかけてみたが、これも通じなくなっていた。

「この携帯は、今、何処《どこ》にあるんだ？　第一、男は、ここに持って来ていたのかな？」

林刑事が、首をかしげた。

「ホテルの部屋にも、落下した地点にも、無かったよ。もし、ホテルにあれば、不通になんかならんだろう」

と、大木が、いう。

ホテルの1001号室にあったのは、男の背広と、靴、それに、ボストンバッグが一つ。

ボストンバッグの中には、下着の着がえと、カメラだけで、携帯は、なかった。

背広には、二十五万円入りの財布があったが、CDカードなど、身分を証明するものは、入っていなかった。

背広にあったネームは、「上田」と、あった。それを考えると、上田というのは、本名かも知れなかった。

男の死体は、家族の承諾が取れないままに、司法解剖されることになった。

その結果は、十四日の夜にわかった。

死亡推定時刻は、十三日の午前三時から、四時の間。

死因は、脳挫傷。

「多分、仏さんは、眠れなくて、午前三時頃まで、起きていて、酒を飲み、酔ってベランダへ出て行き、転落したんだろう」

と、大木は、いった。

「そんな時間に、何のために、ベランダに出たんだ？」

林が、きく。

「酔いざましだろう。おれと違って、仏さんは、高所恐怖症じゃなかったんだよ」

「じゃあ、君は、事故死だと思っているのか」

「うちの署長だって、そう思っているさ。指紋を採《と》って、警察庁に照会したが、前科はなかった。住所は、でたらめだったが、そんなことは、よくあることだ。それに、二十五万円の金も盗《と》られていない。殺人の可能性はゼロだと見ていい」

「自殺の可能性だってあるだろう？」

「あるが、事故死でも、自殺でも、警察が、捜査することじゃない」

3

四月十五日。

東京新宿のグランド・シティホテルの１４１２号室で、泊り客の女が、服毒死した。

三十代の女性で、高梨ゆう子という名前で、十二日から、泊っていた。

住所は、和歌山県白浜町になっていた。

ホテルから、警察に電話があった。

そのため、警視庁捜査一課から、西本と日下《くさか》の二人の刑事が、急行した。

十四階の十二号室は、シングルルームだが、別室がついた部屋である。

その別室で、女は、死んでいたのだが、テーブルの上には、来客があったことを示すように、グラスが二つ並び、それには、ビールが、注がれていた。

女は、その片方を飲んで、死亡したのである。

もう片方のグラスは、飲まれた形跡が、なかった。

テーブルには、ビールの大びんが一本、のっていたが、この大びんは、室内の冷蔵庫には入っていないものだし、ホテル内では、販売されていなかった。

二人の刑事は、鑑識を呼んだ。

グラスと、ビールびんについた指紋の検出を頼んだ。

鑑識係は、指紋を採るための作業をしていたが、その係官の一人が、西本と、日下に向って、

「こっちのグラスと、ビールびんからは、指紋は、出ませんよ」

「仏さんが、飲んだ方のグラスは、どうなの？」

「指紋が、採れますね」

「どういうことなんだ？」

「誰かが、こっちのグラスと、ビールびんから、きれいに、指紋を拭き取ってるということです。他に、考えようがない」

「じゃあ、この部屋の中で、他に、指紋が拭き取られているところがあるかどうか、調べ

てくれないか」

と、日下が、頼んだ。

そうしておいて、二人の刑事は、ホテルのフロント係、ルームサービス係などから、死んだ女について、話を聞くことにした。

彼女は、四月十二日の午後二時頃に、ひとりで、チェックインしている。

「電話で、ご予約くださいました」

と、フロント係は、いう。

「予定は、何日までだったんですか？」

「一週間でした。四月十九日までです」

「それなのに、四月十五日に、死んだのか」

と、西本は、呟いてから、

「誰か、彼女を訪ねて来た人は、いませんか？」

「勝手に、１４１２号室に行かれた人については、わかりませんが、フロントを通して、訪ねて来られた方は、いらっしゃいません」

「電話をかけたり、かかって来たということは？」

「記録は、ありませんが、今は、皆さん、携帯をお持ちですから」

「しかし、あの部屋に、携帯は、なかったな」

「そうですか。お持ちだった、ような気がするんですが――」

フロント係は、あいまいに、いった。

「彼女は、毎日、どんなことをしていたんですかね？」

と、日下が、きいた。

「殆ど、外出はなさいませんでした。食事はホテルの中のレストランでなさっていました し、ルームサービスをとられることも、あったようです」

「誰かを待っていたのかな？」

「これで、殺人なら、犯人を、待っていたことになってしまうな」

と、西本と、日下は、顔を見合せた。

宿泊カードには、０７３９―４３―××××と、彼女の住所と電話番号が、書かれていた。

「予約の電話は、この電話を使って、行われたんですね？」

日下が、きく。

「そうです。八日に、ご予約くださいました」

「こちらからも、この電話にかけた？」

「はい。確認のために、かけさせて頂きました。間違いなく、ご本人が、お出になりました」

フロント係の答を聞き、日下は、その電話番号にかけてみた。

だが、現在、使われていないという録音が、返ってきた。八日には、使えたのに、十五日現在、使えないというのは、どういうことなのだろうか。

西本と日下、二人の刑事の報告を受けて、捜査一課としては、殺人の可能性が高いと考え、新宿警察署に、捜査本部が、置かれることになった。

十津川警部が、その指揮に当ることに決った。

遺体は、直ちに、司法解剖に回された。

その結果、死因は、青酸中毒による窒息死で、死亡推定時刻は、四月十四日の午後九時から十時の間となった。

指紋検出の結果も、報告があった。

二つのグラスと、ビールびんの中《うち》、被害者が飲んだと思われるグラスからは、彼女の指紋だけが、出たが、他の二つからは、何の指紋も、見つからなかった。

明らかに、誰かが、丁寧に拭き取ったのだ。

鑑識が、調べたところ、１４１２号室のドアのノブ、椅子の肘掛けの部分なども、同じように拭き取られていて、指紋は、検出できなかったという。

十六日に開かれた捜査会議で、こうした事実は全て、報告された。

そのあと、十津川が、自分の考えを、三上刑事部長に、説明した。

「被害者の高梨ゆう子は、運転免許証もありましたので、本名だと考えて良いと思います。年齢は、三十五歳です」

「家族には、連絡が取れたのか？」

「取れません」

「なぜだ？　三十五歳の成人に、家族が全くないというのは、考えられないじゃないか？」

三上が、不思議そうに、きく。

「白浜町のこの住所ですが、和歌山県警に問い合せたところ、白浜温泉のシーサイドビューというホテルとわかりました。ところが、半年前に、このホテルが、潰れまして、経営者一族は、行方不明になってしまっているのです。高梨ゆう子は、このホテルの美人若女将として、人気があり、テレビに出たこともあったみたいですが、ホテルが閉館されたあとは、彼女の消息もつかめなかったそうです」

「電話は、どうだったんだ？　八日には通じたんだろう？」

「そうです。この電話の件は、今、県警が、調べてくれています」

と、十津川は、いった。

「高梨ゆう子は、結婚していたのか？」

「いいえ。独身で、婿さんを募集していたようです。くわしいことは、これからの捜査ということになってきますが」

「彼女は、四月十二日から、グランド・シティホテルに泊っていたんだな？」

「そうです。宿泊予定は、一週間でした。彼女は、出歩くこともなく、多分、誰かが来るのを待っていたと思います。それが、犯人だったと、私は考えます。だから、夜でも、部屋に招じ入れた。ところが、犯人は、初めから、高梨ゆう子を殺す気で、ビールの中に、青酸を混入して持参し、彼女に飲ませたのです。そのあと、犯人は、自分の指紋を拭き取って、逃げたと、見ています」

「わざわざ、グラスや、ビールびんの指紋を拭き取らなくても、部屋の洗面所で、洗ってしまえば、すむことじゃないのかね？　その方が、楽だと思うんだが」

「その理由は、私にも、わかりません。犯人は、ひたすら、指紋を拭き取らなければいけないと、そのことばかり考えて、洗うという単純な方法を忘れてしまっていたのかも知れません」

と、十津川は、答えてから、

「もう一つ、高梨ゆう子は、部屋の電話を使っていませんから、携帯を持っていたと思うのですが、その携帯が、何処を探しても見つかりません」

「犯人が、持ち去ったと思うのかね？」

「他に考えようがありません」

「理由は？」

「その携帯から、掛けた相手がわかるのが、犯人は、怖かったのではないかと思います。つまり、彼女が、携帯で連絡した相手の中に、犯人がいるのだと考えています」

「高梨ゆう子という被害者について、今、何処まで、わかっているのかね？」

「今、申し上げたように、半年前に倒産した白浜のホテルの娘という以外、何もわかっていないといってもいいところで、それは、県警に調べて貰っていますが、私も、一度、白浜へ行ってみたいと、思っています」

と、十津川は、いった。

二日して、和歌山県警から、高梨ゆう子についての報告が、届いた。

〈高梨ゆう子について、ご報告します。

彼女は現在三十五歳。白浜温泉のシーサイドビューの社長、高梨太郎と、妻、文子の長女として、生れています。彼女には、三歳年上の兄、明がいましたが、二十歳の時に亡くなり、彼女が、将来、シーサイドビューの社長になることを自覚していたと、いわれます。それまで、嫁に行くことを考えていたようですが、二十八歳の時から、ホテルを引き継ぐことに覚悟を決め、若女将としての修業を積むようになりました。

美人若女将ということで、客の評判も良く、テレビで紹介されたこともあります。シーサイドビューは、三代続いたホテルで、大きさからいえば、白浜では中堅といったところです。客の評判もよく、バブルがはじけたあとも、堅実経営で、あのホテルは、大丈夫だろうといわれていましたが、半年前、突然、二百億円近い負債を抱えて、倒産し、白浜の人々を驚かせました。

高梨夫婦と、娘のゆう子は、行方不明になってしまいました。債権者から逃げているのだろうとか、すでに、何処かで、一家心中をしてしまっているのではないかとか、いろいろの噂が流れました。娘のゆう子が、東京のホテルで死んだというのは、当地でも、驚きを持って、受け取られています。ゆう子は、和歌山の大学を卒業しており、同窓生の間では、才媛として、評判でした。身長一六七センチ体重五〇キロで、中学時代、走り幅跳びの県の記録を持っています。

両親が、ゆう子が男だったら良かったといったように、精神力が強く、二十歳で亡くなった兄の明より、もともと、ホテルの経営に向いていたと思われます。シーサイドビューの突然の倒産については、さまざまな噂があり、未だに、はっきりしていません。社長の高梨太郎が、サギに引っかかったという話から、海外に支店を作ろうとして、失敗した話、社長が悪い女に引っかかったという話まであります。

以上〉

4

この報告を読んだあとで、十津川は、亀井刑事と二人で、南紀白浜行を決めた。

東京―南紀白浜の航空機が、プロペラ機から、ジェット機になって、時間は、短縮されたが、一日二便の不自由さは、同じである。

二人は、午前八時三十五分羽田発のＪＡＳに乗った。朝早すぎるのだが、もう一便が、一六時五五分では、遅すぎてしまうのだ。

途中で少しゆれ、真新しい南紀白浜空港に着いたのは、五分おくれの九時五十五分だった。

空港には、県警の大木という刑事が、パトカーで迎えに来てくれていた。

大木は、二人を、パトカーに案内してから、

「私の一存で、シーサイドホテルを、ご用意しておきました。そこから、問題のシーサイドビューが、よく見えるものですから」

「名前が、似ていますね」

と、十津川が、いった。

「このホテルの社長は、倒産したシーサイドビュー社長高梨の遠い親戚です。花田という

四十五歳の若い社長で、なかなかのやり手ですよ」

「なるほど」

「花田は、若い時、高梨社長に、私淑していて、自分から、勉強のために、シーサイドビューのフロント係をやっていたくらいです。その後、花田は、自分で、ホテルを始め、名前も、あやかって、シーサイドホテルとしたといっています」

「開業の資金は、どうしたんですかね？」

「もともと、彼の家は、熱海で、ホテルをやっていまして、そのホテルを売却して、この南紀白浜に、新しく今のシーサイドホテルを開業したわけです」

「なるほど」

「実は、こちらでも、妙な事件が、起きていまして、そのこともあって、シーサイドホテルに、お部屋を、取ったんです」

と、大木は、いった。

「どういうことです？」

十津川が、興味を感じて、きいた。

「四月十三日の早朝、シーサイドホテルの最上階から、六十代の男が、転落死をしました。その男の身元が、よくわからないのですが、彼が、タクシーの運転手や、仲居に、倒産したシーサイドビューのことを、しきりに話していたことがわかったのです。ホテルを予約するに当っても、自分が去年の今頃、一度だけ泊ったシーサイドビューが、よく見える部屋を、注文しているんです」

「四月十三日に死んだんですか？」

「十二日にチェックインして、十三日の午前三時から四時の間に、転落死を遂《と》げています」

「四月十二日ですか――」

東京のホテルで、亡くなった高梨ゆう子も、四月十二日に、新宿のグランド・シティホテルにチェックインしていた。

これは、偶然なのだろうか？

「その十階の部屋に泊りたいね」

と、十津川は、いった。

「いいですか？　その部屋で」

「ぜひ、その部屋にして下さい」

「わかりました。縁起が悪いから、客は、いないと思います」

と、大木は、いった。

シーサイドホテルに入り、問題の部屋に、二人は案内された。

「そこの窓から、シーサイドビューが、よく見えるんです」

と、大木が、カーテンを開けた。

「あれが、シーサイドビューですか？」

「そうです。中世風で、白いお城みたいで、若者にも、人気があったんですがね」

「確かに、洒落たホテルだ」

亀井も、窓の外を見下した。

「ベランダがあるでしょう。男は、そこに出て、転落したんです。かなり、酔っていました」

大木が、説明する。

そのあと、茶菓子を運んで来た仲居を、十津川たちに、紹介した。

「その時の仲居さんです。名前は、井上君子さんです」

「そのお客は、酔っていたんですか？」

十津川が、確認するように、きいた。

「ええ。夕食の時も飲んでいたし、夜中にも、飲んでいらっしゃいました」

と、君子が、いった。

「酔っ払って、ベランダから、転落したと、あなたは、思いますか？」

「警察の方は、そう思っていらっしゃるみたいですけど――」

「あなたは、どう思うんです？」

十津川は、重ねて、きいた。

君子は、相談するように、大木刑事の顔を見た。

「君は、何か知っているのか？」

大木が、首をかしげて、君子を見る。その顔には、ここの警察が、事故死と見ているのに、まさか、他の考えを持っているなんて、信じられないという顔だった。

「ええ。一つだけ、知ってることがあります」

と、君子は、いった。

「われわれに、話さなかったことがあるのか？」

大木が驚いて、きく。

「そちらが、聞かなかったから」

「何のことだ？」

「携帯電話のことですよ」

「携帯は、仏さんは、持ってなかったんだ」

「でも、私は、見てるんですよ」

「いつ？」

「夕食のあと、夜中にも飲むかも知れないというので、お酒と、軽い夜食を、枕元にご用意したら、チップを下さったんです。お礼をいって、退《さが》ろうとした時、お客様が、携帯を、取り出しているのが見えたんですよ」

「本当なのか？」

「ええ。本当ですよ」

「じゃあ、何故、転落した場所にも、この部屋にも、携帯がなかったんだ？」

「そんなこと、知りませんよ」

君子は、怒ったように、いった。

「大木刑事」

と、十津川が、呼んだ。

「はい」

と、大木が、十津川を見た。

「あるべきものがなくなっているというのは、誰かが、持ち去ったということじゃありませんか」

「しかし――」

「犯人がいたんだよ。事故死じゃなくて、殺人事件なんじゃないの？」

亀井が、大きな声を出した。

「ちょっと、失礼します」

大木は、あわてて、部屋を出て行くと、廊下で、署に携帯電話をかけた。

署長に、十津川たちを、ホテルに案内したことを、告げてから、

「ホテルの仲居が、われわれに話さなかったことを思い出したんです。亡くなった男が、携帯電話を持っているのを見たというんです」

「しかし、現場には、携帯は、なかったんだろう？」

「そうです。しかし、仲居は、見たといって、聞きません」

「どういうことなんだ？」

電話の向うで、署長の声が、甲高くなる。

「仲居の話が本当だとしますと、その携帯は、どうなったかが、問題になってきます。何者かが、持ち去ったということになります。つまり——」

「事故ではなく、殺人事件の可能性が、出てくるんだろう！」

署長が、怒鳴った。

「その通りです」

「本庁の刑事は、何かいってるか？」

「いるところで、仲居が、携帯のことを話したものですから、向うも、事故死じゃなくて、殺人じゃないかと、いっています」

「私から、県警本部へ話をする」

と、署長は、いった。

「私は、どうしたらいいですか？」

「君は、帰って来い」

と、署長は、いった。

5

二人だけになると、十津川は、亀井と向い合って、椅子に腰を下し、煙草に火をつけた。

「妙なことになってきたね」

「そうですね」

亀井は、肯き、仲居が置いて行ったお茶を、口に運んだ。

「カメさんは、どう思うね？」

「和歌山県警も、あわてていると思います。事故死と思っていたのが、殺人事件となれば、捜査そのものを、一八〇度、変えなければいけませんから」

と、亀井は、いった。

十津川は、小さく首を横に振って、

「問題は、その先だよ」

「東京で起きた殺人事件と、この南紀白浜で起きた殺人事件の関連性だ。二つの事件は、関係があるのかどうかということだ」

「と、いいますと?」

と、十津川は、いった。

「警部は、関係があると、お考えですか?」

「私は、カメさんの考えを聞きたいんだ」

「そうですね。ここに来るまで、正直にいって、事故死自体、知りませんでしたから。東京は、殺人事件で、こちらの事件も、同じく殺人事件だとなると、嫌でも、関係を、考えざるを得ません」

「そうだよ」

「それで、今、共通点があるかどうか考えているんですが――」

と、亀井は、自分の手帳を取り出して、ボールペンで、書きつけていった。

「いくつかの共通点が、ありますね。第一は、倒産したシーサイドビューというホテルが、絡んでいるということです。東京のホテルで殺された女は、問題のホテルの若女将でした。一方、こちらで殺された男の身元は、はっきりしませんが、シーサイドビューに、関心を持っていたことは、わかっています。第二は、日付です。共に、四月十二日に、それぞれ、東京と、この南紀白浜のホテルに、チェックインしています。まだ、このことが、関係があるかどうかは、わかりませんが」

「他には？」

十津川が、更に、きく。

「毒殺と、転落死は、死に方に違いがありますが、共通点もあります」

と、亀井は、いった。

「私も、それに、興味を持っているんだ」

十津川も、同意した。

「二つの事件とも、携帯電話が、消えてしまっています。犯人が、持ち去ったと考えるのが、妥当だと、私は、思っています」

「犯人は、二つの事件で、なぜ、携帯にこだわったのだろうか？　この白浜の事件についていえば、携帯さえ、盗まなければ、事故死で、すんでしまったのに、それを、自分で、くつがえしてしまっている」

「東京のケースと同じで、その携帯から、被害者の身元が割れていくことや、何処の誰と電話したかがわかるのが、怖かったんだと思います。つまり、その中に犯人がいるんだと思われます」

と、亀井は、いった。

「他に、二つの事件の共通点は、何かあるかね？」

「事件のというより、二人の被害者の共通点があるような気がします。二人とも、ほとんど、外出していません」

「それを、カメさんは、どう思うね？」

「二人とも、じっと、誰かを待っていたんじゃないでしょうか。東京の高梨ゆう子は、明らかに、十二日から、ずっと、待っていたんだと思います」

「訪ねて来たのが、犯人だったということだな？」

「そう思います」

「この白浜のケースは、どう思う？」

「彼も、誰かを待っていたんだと思います。十二日に、チェックインし、彼は、酒を飲みながら、待っていた。このホテルのドアは、オートロック式ですから、犯人は、キーを持っていない限り、客が、開けなければ、部屋に入れません。従って、男は、自分から、ドアを開けて、相手を迎え入れたんだと思います」

「東京と同じく、犯人を、自分から、迎え入れたということだね？」

「私は、そう考えます。東京と、白浜とも、犯人は、被害者と、顔見知りの可能性が強いと思います」

と、亀井は、いった。

「共通点が、一杯あるということになってくるね」

「あとは、ここで殺された男の身元です。それが、わかれば、はっきりしてくると、思います」

6

和歌山県警では、南紀白浜で起きた事件を、殺人事件と断定し、白浜警察署に、捜査本部を、設けることにした。

事件の担当は、木村という警部に決った。

木村は、三十七歳の若手である。

彼は、いつもの事件以上に、緊張していた。その理由の一つは、本庁の警部が、南紀白浜に来ているということだった。

（本庁の人間には、負けたくない）

という思いが、木村たちにはあった。しかも、その本庁の刑事に、指摘されて、事故と思っていたのが、殺人事件になったという、いきさつもある。

「本庁で、捜査しているのは、倒産したシーサイドビューの若女将が殺された事件だな？」

木村は、確認するように、大木と、林の二人に、きいた。

「そうです。それで、シーサイドビューの建物を見に、十津川という警部と、亀井という刑事が、やって来て、今、シーサイドホテルに泊っています」

と、大木が、いった。

「上田という男が、転落死したホテルだろう？」

木村が、眉を寄せていた。

「そうです。まさか、殺人事件になるとは、思わなかったので、案内してしまいました」

大木は、申しわけなさそうに、いった。

「それで、本庁の二人は、こっちの事件が、殺人事件になって、戸惑っていたかね？　それとも、喜んでいたかね？」

「どちらともいえません。妙なことになってきたなという顔をしていましたから」

「君たちは、二つの事件が、関係があると思うかね？」

「男の身元がはっきりしないと、何ともいえないと思いますが」

「本庁の刑事は、きっと、関係があると、思っているに違いない」

と、木村は、いった。

「そうでしょうか？」

「本庁の刑事というのは、何処で起きた事件でも、自分たちで、解決して見せると、思っている」

「なるほど」

「向うさんは、何でも自分の手柄にしたがる。自分たちの方が、県警なんかより、頭が良くて、事件解決の力があると、思っているんだ。絶対に、本庁の刑事なんかに、負けたくない」

木村は、強烈な敵愾心を見せて、いった。

「しかし、別の事件なら、競争にはならないでしょう？　いくら、本庁の連中でも、こっちの事件にまで、口を挟んで来ないと思いますが」

大木が、遠慮がちに、いった。が、木村は、強く、首を横にふって、

「それが甘いんだよ。少しでも、関係があれば、どんどん、口を挟んでくる。今度のような事件では、シーサイドビューという共通点がある。必ず、こっちの領分に入り込んで来て、こっちの捜査まで、指揮しようとするぞ。それに、嫌でも、犯人逮捕の競争になる。どちらが、先に、事件を解決するかという競争だ。県警本部長も、その点について、神経質になっている。たとえ一分でも早く、犯人をあげろと、いっていた」

「二つの殺人事件ですが、同一犯人だったら、どうしますか？」

林が、きく。

「それでも、犯人逮捕の競争になる。周囲が、注目する。もし、この競争に負けたら、やっぱり、本庁の刑事の方が優秀なのだということになってしまう。向うは、鼻高々になる

んだ」

「そうなると、負けられませんね」

「そうだ。負けられないよ」

と、木村は、語気を強めて、いった。

この気持は、木村だけのものではなかった。捜査会議の席上、県警本部長は、刑事たちを、叱咤激励した。

「和歌山県警については、最近、批判ばかりが多い。今、本庁と、似たような事件を競争で捜査することになった。ひょっとすると、同一犯人の可能性もある。嫌でも本庁と捜査合戦になって、マスコミも注目することは、間違いない。もし、この競争に負けたら、やっぱり、和歌山県警は力がないのだと、決めつけられてしまう。そんな屈辱は、絶対にごめんだ。本庁より、一時でも早く、犯人を逮捕し、本庁の鼻をあかして、欲しい。木村警部に聞くが、今、どちらが、リードしているのかね？」

「捜査は両方とも、始ったばかりで、いわば、同じスタートに立っていると思います。ただ、東京の殺人事件の方は、被害者の身元が、はっきりわかっていますが、こちらの殺人事件の方は、殺された男の身元が、はっきりしていません。背広のネームが、上田になっているので、上田という名前だろうというだけです。その点で、わずかに、出遅れていることは、否定できません」

と、木村は、いった。

「どうして、身元が、つかめないんだ？」

本部長が、怒ったように、きく。

「宿泊カードの住所が、でたらめでしたし、前科もありませんから、今は、身元を確認する方法がありません。ただ、被害者が、倒産したシーサイドビューに、少なからぬ関心を持っていたことは、間違いないと思います」

「しかし、本人は、仲居に、去年の今頃、一度だけ、シーサイドビューに泊っただけだといっているんだろう？」

「それは、信用できません」

「なぜ？」

「たった一度、泊って、親切だった。しかも、そのホテルは、倒産して、誰もいないんです。そのホテルを、ただ見たいからと、わざわざ、東京から、見に来るでしょうか？　駅から乗ったタクシーの運転手にも、シーサイドビューのことを話しています。ただ単に、なつかしいだけではないのだと、私は、考えています。被害者は、倒産したシーサイドビューと、深い関係にあった男ではないのか。また、そのために、殺されたのではないか。私は、そんな風に、考えています」

「しかし、東京の人間だと、見ているんだろう？」

「そうです。宿泊カードの住所は、でたらめでしたが、そのでたらめさが、面白いのです。男は、杉並区下高井戸六丁目二十六番地一号上田貢一郎と、記入していて、もっともらしいのですが、下高井戸は五丁目までで、六丁目のないことがわかりました。それを考えると、男は、それを知っていて、わざと六丁目と書いたのではないかと、私は、考えています」

「なぜ、そんな七面倒くさいことをしたと思うのかね？　実在の五丁目にすれば、いいんじゃないのかね？　どうせ、調べれば、ニセの住所と、わかるんだから」

本部長は、首をかしげる。

「確かに、その通りですが、彼は、六丁目と書いているんです。杉並の人間なら、それだけで、ニセの住所とわかるのにです。それを考えると、わざと、六丁目と、書いたと、思わざるを得ないのです。理由は、わかりません。名前の方も、同じことが考えられます」

「同じこと？」

「つまり、男は、偽名を使ったと思うのですが、全く、でたらめの名前を使ったのではなく、姓の上田は、本名のままで、名前の貢一郎の方だけ、でたらめではないかと、考えるのです。背広のネームも、上田になっていますから」

「君のいう通りだとして、今も、いったように、なぜ、そんなことをしたのかが、わからないがね」

と、本部長は、繰り返した。

「暗号みたいなものじゃありませんか」

若い林刑事が、手をあげていった。

「暗号？　何の暗号だ？」

「自信がないんですが――」

「構わないから、いってみたまえ」

「被害者は、七丁目でも、八丁目でもなく、六丁目と書いています。しかも、六丁目は、存在しない。とすると、六という数字に、何か意味があるのではないかと、私は考えてみたんですが――」

「誰に対する暗号だ？」

「見る人が見れば、わかるという――」

林は、いかにも自信がないという表情で、いう。

「ふーん」

と、本部長は、鼻を鳴らしたが、

「どうも、ぴったり、こないな」

と、いった。

それで、林は、黙ってしまった。

本部長は、林刑事のことは、忘れてしまったようで、木村警部に眼をやって、

「とにかく、本庁に負けないように、全力をつくせ。ただし、表面的には、仲良くだ」

と、念を押した。

会議のあと、木村警部は、シーサイドホテルに泊っている十津川警部に、あいさつに出かけた。

正式に、捜査本部が置かれたことを、告げてから、

「被害者の身元は、まだわかりませんが、東京の人間だということは、ほぼ、間違いないので、警視庁の協力をお願いするかも知れません。その節は、よろしくお願いします」

と、神妙に、いった。

十津川も、微笑して、

「こちらも、逆に、被害者の高梨ゆう子が、ここ、南紀白浜の人間ですから、当然、助力をお願いすることになると思いますので、よろしく、お願いします」

「犯人像は、もう浮んでいますか?」

「とんでもない。まだ、何もわかっていません。どこをどう捜査したらいいか、見当もつきません」

と、十津川は、いった。

第二章　後を継ぐ者

1

四月十九日。

昼過ぎに、小雨が降り出した。典型的な春雨《はるさめ》である。

気温は、むしろ、あがって、南紀白浜は、暖かいというよりも、むっとする暑さになった。

この雨の中で、ウインドサーフィンに興じている若者の姿も、多く、見受けられた。

シーサイドホテルでは、午後になって、十二人の客が、チェックインした。

その中に、四十歳前後の女性が、一人いた。女性の一人旅も、最近では、珍しくなくなったが、この女性に、仲居の井上君子は、興味を持った。

理由は、彼女が、電話で予約したとき、シーサイドビューが、よく見える部屋がいいといったと、聞いていたからである。

その話は、君子に、いやでも、一週間前にやって来て、転落死した上田貢一郎という男の客のことを、思い出させたからである。

君子は、今でも、時々、県警の刑事から、あの客のことで、訊問されることがある。いぜんとして、身元は、はっきりしないらしい。

君子としては、自分の一言で、事故死が、殺人事件に変ってしまったのだから、忘れようとしても、忘れられないのだ。

品のいい、六十代の紳士だったと思う。君子が、携帯電話のことを思い出さなければ、今頃、事故死か、自殺で、すんでしまって、彼女自身も、悩まされなくてすむのだが、見たことは、黙っていられなかったのだ。

上田貢一郎という名前も、偽名らしいが、本名がわからないので、新聞などでは、今でも、この事件を書くとき、上田貢一郎と、書いている。君子も、自然に、その名前で、死んだ男のことを、呼んでいた。

上田の泊った部屋は、今は、使っていない。警察が、しばらく、新しい客を泊めないでくれと、いっていたからである。

それで、今日の女性は、その隣の部屋に、案内した。

君子が、案内すると、女性客は、すぐ、窓のカーテンを開け、

「あれが、シーサイドビューね」

「ええ」

と、君子は、肯いたが、自然に、

「お客様は、何か、あのホテルに、思い出を持っていらっしゃるんですか？」

同じことを、この女性にも、きいた。

「昔ね、一度だけ、あのホテルに泊ったことがあるの。その時の印象が、あまりにも、良かったものだから、もう一度、見てみたくてねえ」

女は、懐しそうに、ホテルを見つめている。

(あの上田という客と同じだわ)

と、君子は、思った。

それで、黙っていられなくなって、

「一週間前にも、シーサイドビューが見たいというお客様が、いらっしゃったんですよ」

「そうなの。いいホテルだったから、そういう人が、いるでしょうね。女の人?」

「いいえ。六十五、六歳の男の方です。私が、お世話しました」

「そう。それで、その男の方は、どうなさったの?」

「亡くなりました」

「どうして?」

「私にも、理由は、わからないんですけど、転落して、亡くなったんです。最初は、自殺か、事故死だと思われたんですけど、あとになって、殺人とわかったんです。誰かが、突き落したんですよ」

「殺されたの――」

「ええ。一週間たったんだけど、まだ、何もわからないみたいですよ。その方も、一度、シーサイドビューに泊って、とても、いい印象があったので、また、見てみたいと、おっしゃってました」

「その方が、生きていたら、一緒にあのホテルのことを、話し合ってみたかったわね」

「そんなに、素晴しかったんですか？」

「ここみたいに、大きくはないホテルだったけど、オーナーの方も、若女将さんも、ご親切で、まるで、自分の家にいるような、ゆったりした気分になれたの。今、団体優先で、マニュアル通りのサービスしか受けられないから、尚更《なおさら》ね」

「その若女将の高梨ゆう子さんが、東京で亡くなったことを、ご存知ですか？」

「本当なの？」

「ええ。東京からも、刑事さんがやって来て、いろいろと、調べていきましたよ。東京のホテルで、殺されたんですって」

「あの美人の若女将が、殺されたの。そうなの。怖い世の中になったわ」

と、女は、溜息をついた。

「何日か、お泊りなんですか？」

と、君子は、きいた。

「一応、二十二日まで、泊ることにしているんだけど」

と、女は、いってから、急に、じっと、君子を見て、

「私ね。ちょっと、人相とか、姓名判断に凝っているんですよ。良かったら、見てあげましょう」

「本当ですか。私、そういうの好きなんです」

君子は、座り直した。

女は、ニコニコ笑いながら、まず、君子の名前を聞いて、メモに、書きつけ、それから、じっと、君子の顔を見、また、血液型を聞いた。

「AB型ですけど」

「私も、AB型なんですよ。血液型だけで、判断しては駄目なの。同じAB型でも、丸っきり違う性格の人もいますからね。人相や、姓名と、総合的にみて、判断しなければいけないのよ」

女は、そんな風に、喋りながら、君子の手を取って、じっと、見つめる。

君子は、真剣な表情になって、

「出来れば、将来のことが、知りたいんですけど」

「一度、結婚なさったけど、別れたと、手相には出ているわ。それも、最近ね。二年か、三年前」

「当っています」

「お子さんは、あなたが、引き取ったの？」

「ええ。別れた夫には、委せておけませんでしたから」

「そうね。お子さんには、いい判断だったと思うわ。別れたご主人には、あなたの良さが、わからなかったのね」

「それで、私の将来って、今までみたいに、うまくいかないんでしょうか？」

「そんなことはないわ。二年以内に、あなたのことを、本当に理解してくれる男性が、現われますよ。その人と一緒になれば、必ず、幸福になりますね」

「本当ですか」

「ええ。間違いありませんよ。あなたの性格は、明るくて、人好きで、ただ、ちょっと、詮索好きかな」

　女が、いう。君子は、苦笑して、

「そうなんですよ。でも、止《や》められなくて――」

「別に、改めることはないわ。私だって、詮索好きなの」

「そうなんですか」

「不正なことを見ると、黙っていられなくなるの」

「私も、そうなんです。亡くなった上田さんってお客さんなんだけど、携帯電話が無くなっているのを、黙ってられなくて、警察に話してしまったんです。それで、殺人たということが、わかったんです」

「それは、正しいことをしたんですよ。あなたが、本当のことをいわなければ、警察も動かなかったでしょうから」

「大きな指輪してるんですね」

君子は、女の左手を見て、いった。

「これ？　私が、持ってる一番大きな指輪なの。全財産ね」

と、女は、笑った。

「ルビーですね」

「ええ。この大きさのルビーは、なかなか、ないの」

と、女は、いってから、

「このホテルに、有村晴子さんって方、いらっしゃるかしら？」

「ええ。経理の責任者の者ですけど、ご存知なんですか？」

「東京にいらっしゃった方ね？」

「ええ。そう聞いてます」

「じゃあ、間違いないわ。東京にいた時、ちょっと、もめたことがあったんですよ」

と、女は、いう。

君子の詮索好きの性格が出てきて、

「どんな、もめごとなんですか？」

「こういうと、悪口になっちゃうんだけど、彼女、お金にだらしがないの」

「ええ。そんな話、聞いたことありますわ」

「東京にいたとき、ちょっと、まとまったお金を、お貸ししたんだけど、まだ、返して頂いてないの」

「どのくらいのお金なんですか?」

「一千万くらいね」

「そんなにですか」

「ええ。それで、ここにいると、わかったんで、きちんと、話し合おうかと思って」

「呼んで、参りましょうか?」

「いいえ。あとで、ひとりで、会ってみます。この近くに、住んでいらっしゃるんでしょう?」

「ええ。ここから、歩いて、七、八分のマンションに住んでいますよ」

君子は、そのマンションの場所を、教えた。

正直にいって、有村晴子という女に、いい感じは、持っていなかった。簿記が出来るので、このホテルの経理の責任者になっているが、彼女のことを、よくいう人はいなかった。

仲居なんかには、高飛車に出てくるし、なぜあんな女を、経理の責任者にしているのか、ここのオーナーの気持がわからないという人も多い。

「夜になったら、会いに行ってみようかしら」

と、女は、いった。

「用心した方がいいですよ。口が、上手《うま》い人だから」

「そうなの」

「ええ」

と、君子は、肯いた。

2

夜になって、雨が、止《や》んだ。

女は、夕食のあと、君子に、

「有村晴子さんに、あとで、会いに行ってみるわ」

と、いった。

彼女は、宿泊カードに、「竹下可奈子」と、書いていた。東京の住所である。

この竹下可奈子が、いつ、外出したか、君子には、わからなかった。

布団を敷きに行くと、女の姿はなかったから、その前に、外出したのだろう。

翌二十日の朝、君子が、「お早ようございます」と、入って行くと、女は、いなかった。布団に、寝た様子は、なかった。君子は、あわてて、フロントに行き、竹下可奈子という客のことを、話した。

このホテルでは、外出の時、キーは、そのまま、持って出ていいことになっているので、フロントでは、帰ったかどうかは、わからないと、いう。

「でも、お帰りになっていませんよ」

と、君子は、いった。

それで、騒ぎになり、ホテルの方で、警察に、届けた。

一週間前の事件のことがあったので、県警から、大木と、林の二人が、やって来た。

「その竹下可奈子という客が、外出したのは、何時頃だね？」

と、大木は、フロント係にきいた。

「午後八時頃だと思います。いちいち、お客様は、外出しますといって、出て行きませんから」

フロント係が、答える。ぶぜんとした顔なのは、一週間前の事件のことがあったからだろう。

「何処へ行ったのかわからないかな？」

「わかりませんね」

その話を聞いていて、君子は、有村晴子の名前を、口にしかけたが、止《や》めてしまった。まだ、有村晴子に、会いに行ったかどうかは、わからなかったからである。

しかし、午前九時を過ぎても、その有村晴子は、出社して来なかった。

もちろん、ホテル側は、彼女と、竹下可奈子のことを知らないので、晴子の欠勤について、騒ぎ出したりは、しなかった。

君子だけが、やきもきしていた。それで、昼休みになると、彼女は、自転車で、晴子のマンションに行ってみた。

五階建のマンションである。その三階の角部屋、３０１号室に、「有村」の名前が出ている。

三階にあがって、インタホーンを鳴らしてみたが、返事はなかった。それ以上のことは、出来ないので、君子は、ホテルに帰ってしまったが、不安は、どんどん、大きくなっていく。

一千万もの借金だと、竹下可奈子は、いっていた。それを返して貰いに行って、何かあったのではないのか。

夕方になっても、竹下可奈子は、ホテルに戻って来なかった。

警察の捜索でも、見つからない。

その夜の深夜、十二時過ぎだった。

サファリパークの裏手の山の中で、突然、火の手が、あがった。

山の中の小さな空地《あきち》だった。

ガソリンか、灯油でも、使ったのか、猛烈な火勢だった。

消防車二台が、駈けつけたが、手に負えなかった。

小さな材木を、積みあげて、それに、ガソリンか灯油をかけて、火をつけたものらしい。消火剤や、放水では、なかなか、消えず、消防士たちは、遠巻きにして、火勢の弱まるのを待つことにした。

一時間近くして、やっと、火勢が、弱くなり、一斉《いっせい》放水で、鎮火になった。

だが、消防士たちが、現場を調べると、そこに、黒焦げになった死体を発見し、大さわぎになった。

死体は、完全に焼けて、男女の区別さえ、簡単には、わからなかったくらいである。

それが、中年の女性らしいとなったのは、三時間近くたって、司法解剖に回されてからだった。

ここに来て、君子も、黙っていられなくなり、警察に、有村晴子のことを、話さないわけには、いかなくなった。

大木と、林の二人は、すぐ、マンションの彼女の部屋に急行した。

管理人に、ドアを開けて貰って、中に入った。

2DKの部屋である。

晴子の姿はなかったが、奥の部屋のテーブルには、封書が、置いてあった。

二人の刑事が、それを開けて、中の便箋を取り出した。

〈お金のことで、もめましたが、責任は、私にあるのです。今の私には、返すあてがありません。

必ず、返しますといいましたが、いまはどうすることも出来ないので、しばらく、姿を消すことにしました。別のところで、働き、まとまった、お金が出来たら、返済しますので、許して下さい。

竹下可奈子様
有村晴子〉

二人の刑事は、部屋の中を、調べてみた。三面鏡や、洋ダンスの引き出しなどを調べてみたが、現金、通帳、CDカードなどは、何一つ見つからなかった。

多分、有村晴子自身が、持ち出したのだろうと、刑事は、解釈した。

大木と、林の二人が、捜査本部に戻って、木村警部に報告した。

「それで君たちは、どう思うんだ？」

と、木村は、二人の刑事に、きいた。

「肝心の竹下可奈子の方が、いまだに、行方不明です。それに、山の中で、見つかった女の焼死体のことがあります。それを、つなげて、解釈しますと、自然に一つの結論が出て来ると、思っています」

と、大木は、いった。

「つまり、逃げた有村晴子が、竹下可奈子を殺したという結論か？」

「そうです。仲居の井上君子の証言によりますと、竹下可奈子という客は、有村晴子に、一千万円を貸しておりそれを返して貰いに行ってくると、話していたそうです。多分、彼女は、有村晴子の自宅マンションに出かけたんだと思います。それで、返せ、返せないと口論になったんだと思いますね。かっとした晴子の方が、可奈子を、殴りつけるかして、殺してしまった。その死体の処置に困って、山の中で、ガソリンをかけて、燃やしてしまった。ただ、それでは、自分が、疑われるので、こんな置手紙を残して、逃げたんだと思います。自分は、何処かで、働いて、返すつもりだと書いてです」

大木は、置手紙を見せて、いった。

「筆跡は、本人のものなのか？」

「今、筆跡鑑定を頼もうと思っていますが、私が見たところ、同じ筆跡に見えます」

「有村晴子というのは、どういう女なんだ？」

木村が、二人に、きいた。

「評判は、よくありません」

と、林が、いった。

「どんな風に、よくないんだ？」

「ホテルでは、経理を委されているんですが、オーナーの信頼をいいことに、尊大に振舞っていたと、誰もが、証言しています」

「どうして、ホテルのオーナーは、彼女を信頼していたんだろう？　従業員の中では、嫌われていたんだろうに」

「その点は、わかりませんが、経理の才能が、あったからじゃありませんか。事実、仕事の面では、高く、評価する人間が、いますから」

と、林は、いった。

「年齢は？」

「四十歳だと聞いています。一度結婚したことがありますが、現在は、独身です」

林は、有村晴子の写真を、木村に見せた。

「気が、強そうだな」

と、木村は、感想をいった。

「そうです。事実、気が強いらしいです。気に入らないと、男の従業員でも、平気で、怒鳴りつけていたようですから。フロント係の中には、反発する者もいるようですが、今、いいましたように、オーナーのお気に入りということで、じっと、我慢していたともいいます」

「一千万円の借金というのは、本当なのか？」

木村が、きく。

「証拠はありませんが、竹下可奈子が、返済を迫りに来たといいますし、晴子の置手紙にも書いてありますから、本当だと思いますね。何にもなければ、逃げ出したりしないでしょうから」

「焼死体には、ガソリンが、かけられていたんだな？」

「そうです。灯油という話もありましたが、ガソリンと、消防が、いって来ています」

「犯人は、やはり、有村晴子か？」

「だと、思いますが――」

林は、いった。

「それを、徹底的に調べてみよう」

と、木村は、いった。

3

司法解剖の結果が出た。

死因は、頭蓋骨陥没で、死亡推定時刻は、四月十九日の午後八時から、九時の間となった。

焼死ではなかったのだ。それは、前日の夜、すでに、死亡していたことになる。

亡くなった女性は、推定年齢三十歳から五十歳。身長一六〇センチ、体重五〇キロ。血液型はAB。

これが、死体のデータである。

有村晴子のデータとも一致するが、ホテルに泊っていた竹下可奈子という女性客とも、一致していた。

ホテルのフロント係や、仲居たちの証言によると、竹下可奈子は、身長一六〇センチで、体重五〇キロぐらい。仲居の井上君子は、血液型は、ABといっていたと証言している。

もう一つ、君子は、竹下可奈子が、大きなルビーの指輪をしていたと、証言していた。

「七、八カラットぐらいは、ありました」

と、君子は、いう。

確かに、死体の左手薬指には、指輪があった。ただ、ルビーも、焼けてしまっている。

それを、警察は、鑑定に回した。

焼けて、半ば、炭素化してしまっているが、元は、ルビーだという鑑定結果が、出た。

ほとんど同時に、置手紙の筆跡鑑定の結果も、報告された。

予想どおり、有村晴子の筆跡に、間違いないというものだった。

もう一つ、晴子のマンションを詳しく調べた結果、部屋の床から、晴子のものとは違う、女性の長髪が、見つかった。

それは、竹下可奈子のものではないか、という見方が生れたが、それは、証拠は、なかった。

捜査会議では、有村晴子が、竹下可奈子を殺し、ガソリンをかけて、焼いたという見解が、圧倒的だ。

そこで、当然、竹下可奈子は、何者なのかということになった。

〈東京都調布市入間町二丁目　コーポ若葉401号〉

これが、ホテルの宿泊カードに記入された住所である。

県警としては、警視庁に、この住所を知らせ、竹下可奈子について、調べて貰うことにした。

回答は、すぐ、もたらされた。

〈竹下可奈子について、回答します。

お知らせの調布市の住所を、早速調べましたが、その住所に、コーポ若葉というマンションは、存在しません。また、調布市の住民の中に、竹下可奈子という名前の女性は、三人実在しますが、二人は、小学生であり、三人目は、七十五歳の女性であり、ご照会の女性とは、一致しておりません。従って、竹下可奈子というのが、偽名か、住所が、でたらめかのいずれかだと思われます。また、両方ともでたらめだとも考えられます〉

これが、回答だった。

それでは、どうやって、シーサイドホテルに予約したかということだが、ホテルに確認すると、四月十九日当日に、JR白浜駅のインフォメーションセンターから、今、おたくのホテルに泊りたいという女性が来ているので、部屋は、空《あ》いているかという連絡があったのだという。

「ウィークデイで、部屋が空いていたので、喜んで、泊って頂くことにしました」

と、ホテル側は、話した。

「その時、シーサイドビューが見える部屋がいいということも、お聞きしました」

それでは、でたらめの住所を書いても、気がつかなかったこともわかる。

「問題は、二つある」

と、木村警部が、部下の刑事たちに、いった。

「一つは、有村晴子が、今、何処にいるか、なぜ、竹下可奈子を殺したか、それを解明することだ。もう一つは、前の事件との関係だ。同じシーサイドホテルに泊った上田貢一郎が、殺されたが、今回の事件と、よく似ている。彼も、結局、身元不明で、その上、閉館されたシーサイドビューのことを、懐しんでいた。事件が、似ていたというより、殺された二人が、似ているといっていいんだよ。二人の間に、何か関係があるのかも知れない。いや、もっといえば、貢一郎が殺されたので、代りに、竹下可奈子がやって来たといえるのかも知れない」

「何のためにですか？」

と、大木が、きいた。

「竹下可奈子は、東京で貸した一千万円を、有村晴子に会って、返して貰いに来たといっている。上田貢一郎も、有村晴子に、借金の取立てに来たということなのだろうか？　上田貢一郎は、殺されてしまったので、竹下可奈子が、代りに、一千万円を貰いに来たの

か。かも知れないが、その点、自信がないな」

木村は、首をかしげて、いった。

「もし、警部のいわれることが当っているとしますと、上田貢一郎を殺したのも、有村晴子ということになって来ますね」

林刑事が、いう。

木村は、肯いたが、

「ただ、上田貢一郎も、竹下可奈子も、閉館されたシーサイドビューのことを、やたらに、気にしていた。それが、事件とどう関係してくるのかが、わからんのだよ」

と、いった。

それに対して、吉田というベテランの刑事が、

「有村晴子ですが、一時、シーサイドビューの経理をやっていたことがあるんです。まだ、あのホテルが、盛況だった頃です」

「それは、本当か？」

「間違いありません。もともと、二つのホテルのオーナーは、親戚関係ですから、経理係が、行ったり来たりしても、おかしくはありません」

「なるほどな」

と、木村は、いった。が、それで、充分に納得した顔ではなかった。

同時期に、白浜で、殺人事件が起き、それとの関連が、注目されているのだが、関連があるらしいという段階で、止ってしまっているのだ。

背後の黒板には、十津川の書いた文字が、並んでいる。

高梨ゆう子
　シーサイドビュー
上田貢一郎
竹下可奈子

有村晴子
　シーサイドホテル

「何か、繫がっているような気がするんだがね」

十津川は、亀井に、話しかけた。

亀井は、インスタントコーヒーを、十津川にもすすめてから、

「同感ですね。全く、無関係の筈がありません」

「シーサイドビューという閉館されたホテルで、繫がっているか。有村晴子も、前は、そ

こで働いていたようだからね」

「ただ、竹下可奈子と、有村晴子の間には、一千万円という大金が、介在していますが」

「一千万円か。確かに、大金だな」

と、十津川は、呟き、コーヒーを口に運んだが、

「しかし、そんな大金を、よく貸したな。竹下可奈子というのは、いったい、何者なんだ？」

「よっぽど、有村晴子と、親しかったんだと思いますが――」

「そりゃあ、そうだろうが――」

「竹下可奈子が、殺された理由は、これで、よくわかりますが、上田貢一郎の方が、全く、殺される理由が、わかりません」

「わからないといえば、こっちの事件も同じだよ。高梨ゆう子が、殺された動機が、わからない。彼女は、閉館されたホテルの娘だ。資産家の娘じゃない。それなのに、なぜ、彼女を殺す必要があったのだろうか。そこが、わからない」

「そうですね」

「高梨ゆう子と、上田貢一郎、竹下可奈子の三人は知り合いだったのだろうか？」

十津川は、自問するように、いった。

「警部は、どう思われますか？」

「私自身は、あったと思うがね」

「もし、関係があるとすると、どういうことになるんでしょうか？」

と、亀井が、きき、他の刑事たちも、一斉に、十津川を、注目した。

「携帯電話だよ。それで、連絡をとっていたと思うんだが、殺されたあと、携帯は、見つかっていない。それで、私は、こんな風に、推理してみたんだ。まず、上田貢一郎が、白浜に出かけた。ただ、遊びに行ったとは、思えない。それなら、殺されたりはしないだろうからね。何かを、調べに行ったのだと、私は思っている。それは、多分、閉館されたシーサイドビューに関係したことだろう。上田は、それで白浜に行ったが、誰かが、東京の高梨ゆう子に、連絡を、取っていたんじゃないかな。しかし、失敗し、殺された。二人ともだ。それで、二番目の使者として、竹下可奈子が、白浜に出かけたんじゃないだろうか？」

「一千万円を返して貰いにですか？」

「それが、疑問なんだよ」

と、十津川は、いった。

「一千万円の話は、嘘だと思われますか？」

亀井が、きいた。

「嘘だと、断定するのは、危険だと思うが、上田貢一郎、竹下可奈子の二人が、知り合いで、第一弾、第二弾という形で、白浜へ行ったのだとすると、一千万円を取り戻すためだけだったとは、とても、思えないんだよ。一千万円は、確かに、大金だが、三人もの人間が、死ぬ。それも、殺されるほどのこととは、考えられないからだ。しかも、東京と、白浜の二ヶ所でね」

「しかし、仲居は、竹下可奈子から、一千万円を、有村晴子に貸していると、聞いているそうですが」

と、亀井が、いう。

「それで、迷っているんだ。一千万円の借金は、あったのかも知れないが、それだけではないのではないか。三人もの人間が、殺された理由はね」

「他に、どんなことが、動機として、考えられますか？」

西本刑事が、きいた。

「それが、わかれば、今回の事件は、解決するだろうと思っているんだがね。多分、白浜のシーサイドビューに、関係があるだろうとは、想像しているんだが」

「上田貢一郎と、竹下可奈子が、シーサイドビューを、懐しがっていたからですか？」

「それに、高梨ゆう子は、そのホテルの娘だ」

「しかし、上田も、竹下も、閉館されたシーサイドビューの元従業員というのではないようですし、なぜか、偽名か、ニセの住所で、ホテルに、泊っています。これは、どういうことなんでしょうか？」

「仲居には、前に、シーサイドビューに泊ったことがあって、それが、素晴しかったから、懐しくて、見に来たといっている」

「そうです」

「それも、度々《たびたび》、来たとは、いっていない。一度か二度だ」

「ええ」

「それで、わざわざ、潰れたホテルを、見に来るだろうか？　それも、一週間の間に、二人も」

「偽名や、ニセの住所を使うのも、おかしいです。ただ、潰れたホテルを、懐しがって、見に来たのなら」

と、亀井は、いった。

「じゃあ、カメさんは、どういう連中だと、思っているんだ？」

「東京で殺された高梨ゆう子と、何らかの関係がある人間と、警部は、思われるんでしょう？」

「証拠はない。勘だよ」

「しかし、高梨ゆう子の周辺をいくら調べても、上田貢一郎と思われる人間は、出て来ていませんが」

と、亀井は、いった。

和歌山県警の協力で、高梨ゆう子については、かなりの情報が、集っていた。

高梨ゆう子　三十五歳（二十八歳から若女将）
高梨太郎（父）　六十五歳　行方不明
高梨文子（母）　六十歳　行方不明
高梨明（兄）　二十歳で、死亡

ホテル、シーサイドビュー（半年前、突然、倒産、負債総額二百億円）
高梨太郎夫婦の知り合いや、ゆう子の友人、知人の写真も集めてあるが、その中に、上田貢一郎と思われる男も、竹下可奈子と思われる女も、見つかっていない。
和歌山県警の報告では、高梨太郎は、債権者から逃げており、心中したという噂もあるとあった。

このあとも、和歌山県警から、高梨ゆう子についての報告は、来ていた。

一番最近の報告には、こうあった。

〈高梨ゆう子について、その後、わかったことを、お知らせします。

高梨ゆう子は、最初、家業を継ぐ気はなく、その頃、地元の海産物店の長男で、経営コンサルタント会社で働く、森田浩と、結婚するものと思われていました。当時、ゆう子二十七歳。森田は三十歳でしたが、その後、ゆう子は、両親の願いを入れて若女将になりました。そのため、一人息子の森田とは、結婚できなくなり、二人の仲は、急速に、冷えていきました。

現在、森田は、三十八歳で、結婚していますが、ゆう子には、未練があったようです。

高梨ゆう子が東京で殺された四月十四日は、森田は、友人二人と、午後十一時まで、白浜のクラブNで飲んでおりアリバイは、成立しています。

二十八歳で、若女将になってからのゆう子については、美人で、愛想も良いため、彼女に近づく男性は多かったのですが、一人娘ということで婿取りを、両親が願ったため、結婚までいったケースは、ありませんでした。

シーサイドビューに泊った客の中にも、ゆう子が気に入って、自分の嫁にと願ったケースもありましたが、いずれも、婿ということで、消えています。

倒産したシーサイドビューの従業員の多くは白浜温泉の他のホテルに、移っていますが、他の仕事についた者もいます。その中に、上田貢一郎、竹下可奈子と思われる人間がいないことは、前に、ご報告した通りです〉

正直にいって、壁が厚くなった感じを、十津川は、受けた。

殺された高梨ゆう子は、ホテルの部屋に、犯人を招じ入れたと思われるふしがある。

となれば、犯人は、顔見知りという線が強いのだ。

だが、それらしい人物は、浮んで来ないのである。

動機は、一般に、愛憎か、金銭かのいずれかだろう。

殺された高梨ゆう子は、女盛りで、美人だったから、彼女のことを好きになった男は、何人かいたに違いない。そのことは、県警からの報告にも書かれていた。

もっとも、容疑の濃い男は、森田という男だが、完全なアリバイが、あるということである。ひょっとすると、ストーカー的な男がいたのかも知れないが、そんな男は、ゆう子が、ホテルの部屋に入れたりはしないだろう。

残るのは、金銭的な動機ということになってくるのだが、この方は、可能性が、低いと、最初から、十津川は、考えていた。

何しろ、二百億円の負債を背負って倒産したホテルの一人娘である。金銭的理由で、そんな娘を殺す人間がいるとは、考えにくいのだ。

従って、和歌山県警からの新しい報告は、十津川に、困惑しか、もたらさなかった。高梨ゆう子殺しの容疑者は、いないと、いっているようなものだったからである。

「参ったね」

十津川は、亀井に向って、呟かざるを得なかった。

そんな時、一通の手紙が、捜査本部に舞い込んだ。

差出人の名前はなかった。が、それは、別に何とも思わなかった。警察に届く手紙の多くが、差出人不明だったからである。

ワープロで書かれていることも、共通していた。自分のことを知られるのを嫌う差出人が多かったからである。


〈四月十四日に、都内のホテルで殺された高梨ゆう子のことで、お知らせしたいことがあります。

彼女は、白浜のホテル、シーリイドビューの一人娘で、美人の若女将と評判でしたが、それは彼女の姿の一面でしかありません。去年の十月に、ホテルが、倒産してから、彼女は、生活のために、東京の、クラブで、働いていたからです。

店の名前は、「カサブランカ」で、赤坂にあり、店での名前は、アケミです。美人で、愛想がよく、たちまち、店では、五本の指に入る人気ホステスになっています。客の中には、彼女に惚れる男もいて、客同士の間で、刃傷沙汰《にんじようざた》も起きていたと聞いています。その中には、暴力団S組の人間もいて、彼女の死には、この男が、関係しているのではないかと思います。その点、くわしく、調べて頂けませんか。

多分、警察には、彼女が、悲劇の女性ということしか、情報が入っていないのではないかと思いますが、ホテルが、倒産したあと、水商売に入ってからの彼女の行動は、全く違ったものになっていることを、考慮した方が、事件解決の早道だと思います。

私は、捜査ということには、全くの素人《しろうと》ですが、一刻も早い事件解決を念じて、この手紙を、書きました〉

「どういう人間が、書いたのかね？」

十津川は、まず、そのことを考えた。

「明らかに、殺された高梨ゆう子に、悪感情を持っていますね」

と、亀井は、いった。

「確かに、それを感じるな。だから、割引いて、考えなければいけないんだが、ここに書かれた事実があるのかどうか、それは、調べてみる必要があるね」

「このクラブへ行ってみましょう」

と、亀井は、いった。

夜になって、十津川と、二人、赤坂に、足を運んでみた。

「カサブランカ」は、雑居ビルの五階に、実在した。豪華な造りの店で、この不景気の中でも、繁盛しているように見えた。

フロアの中央に、ピアノが置かれ、女性が、無表情に、ショパンを弾《ひ》いていた。

十津川たちは、五十代の小柄なママに、会った。

「アケミさんなら、間違いなく、うちで、働いていましたよ」

と、ママは、落ち着いた調子で、いった。

「本名が、高梨ゆう子で、白浜のホテルの一人娘だということは、知っていましたか？」

十津川は、きいてみた。

「うちでは、採用するとき、簡単な履歴を聞きますから、白浜の生れだということは、聞いていましたよ。家が、倒産したこともね。でも、くわしいことは、聞いていませんね」

「四月十四日に、殺されたことは、知っていましたか？」

と、亀井が、きく。

「ええ。うちのマネージャーが、新聞を持って来て、これ、アケミちゃんじゃないかということで、みんなが、騒ぎ出したんですよ。間違いなく、うちにいたアケミちゃんだということになりましてね」

「亡くなった時も、ここのホステスだったんですか？」

「五日前から、無断欠勤していたんですよ。それで、心配していたんですよ。都内のホテルに泊っているなんて、全く知りませんでしたね」

「いつから、ここで、働くようになったんですか?」

と、十津川は、きいた。

「去年の十一月からですよ。確か、十一月の中旬でしたね」

それなら、白浜のホテルが、倒産してから、一ヶ月後である。

「その時の住所は、何処になっていました?」

と、きくと、ママは、マネージャーに、ホステスの住所と、電話番号を書いたものを、持って来させた。

新宿区左門町　スカイコーポ「あけぼの」306号

それが、彼女の住所だった。

「無断欠勤のとき、マネージャーが、このマンションに行ってくれたんですけど、留守で、カギがかかっていたんですよ」

と、ママは、いう。

「彼女は、ここでは、人気があったそうですね?」

と、十津川は、きいた。

「ええ。きれいだし、素人っぽいところが、お客さんに、受けたようで、人気者でしたよ。私も、好きでしたわ」

「S組の人間も、彼女と、親しかったと聞いているんですが、本当ですか？」

十津川が、きくと、ママは、眉をひそめて、

「柴田さんでしょう？　ええ。柴田さんも、アケミちゃんが、気に入ってましたけど、変な関係は、ありませんでしたよ。誰が、そんなことを、いってるんですか？」

「他にも、彼女を気に入った客がいたように聞いていますが」

「ええ。白浜から、見えた人もいますよ」

「白浜から？」

とっさに、十津川は、森田という名前を思い出した。和歌山県警からの報告にあった男である。今でも、ゆう子には、未練を持っていると、報告には、あった。

「その人のことを、話して下さい」

「四十歳ぐらいかしら。立派な男の方ですよ」

と、ママは、いう。

「何回も、来ているんですか？」

「私の知ってる限りでは、四、五回かしらね。青年実業家って、感じの人ね」

「彼女の方は、どうだったんですか？　彼が、来ることを、喜んでいるようでしたか？」

と、亀井が、きいた。

「そうねえ。わざわざ、白浜から来てくれるんだから、冷たくは、していませんでしたけどねえ。本当は、昔のことを思い出して、辛《つら》かったんじゃないかしら。彼が来ていると き、彼の見えないところで、暗い顔をしているのを見た娘《こ》もいるんですよ」

「彼は、何をしに、四、五回も、来ていたんですかね？　ただ、懐しかったんだろうか？ こちらの調べでは、二人は、結婚を約束していたことがあるんです」

「そうなんですか？　それは、知りませんでしたねえ。それなら、未練かしらねえ」

と、ママは、小さな溜息をついた。

「それらしい、素振りは、見えましたか？」

十津川が、きいた。

「電話で、彼女を呼び出して、食事をしたこともあるようですから、その時に、白浜へ帰って来たらぐらいのことは、いったんじゃないかしら。彼女が無断欠勤したとき、ひょっとして、白浜に帰ってしまったんじゃないかって思ったのは、そのせいなんですけどね」

「彼女自身が、白浜に帰りたいと、口にしたことが、あるんですか？」

「私自身は、聞いていませんけどねえ」

と、ママは、いう。

二人は、同僚のホステス何人かからも、アケミのことを聞いてみた。

「いい人だったわ。育ちがいいらしく、おおらかで」

と、誉めるホステスも、いれば、

「何だか、お高くとまっていたわね。どこかで、自分は、いい家の生れだったんだって、気があったんじゃないかしら。以前は、大きなホテルの一人娘だったみたいだから」

と、いう同僚もいた。

十津川は、森田についても、聞いてみた。

「ええ。覚えていますよ。白浜の青年実業家でしょう？　ハンサムだし、お金にもきれいだから、もてましたよ。もっと、何回も、来て欲しかったお客さんですよ」

と、ホステスの一人は、いった。

「アケミさんに、まだ、未練があるように、見えましたか？」

「ええ。そう思うわ。白浜に帰って来てくれみたいなことを、いってたから」

「それに対して、アケミさんは、どう答えていたんですかね？」

「あいまいに、笑ってた」

と、ホステスは、いった。

二人は、新宿左門町のマンションに、回ってみることにした。

ゆう子は、ホテルに泊るとき、この住所を、書いていないのだ。

四谷怪談で有名なお岩を祀《まつ》った稲荷のあたりにある、五階建の小さなマンションだった。

その306号室を、管理人に開けて貰った。

1Kの狭い部屋である。洋ダンス、三面鏡、ベッド、テレビなどで、部屋は、一杯だった。

「誰か、訪ねて来た人がいますか？」

と、十津川は、管理人に、きいた。

「ええ。何人も見えましたよ」

「それは、彼女が、死んでからですか？」

「ほとんどが、亡くなってからでしたよ。そんなに、知り合いがいたのかと、びっくりしましたね」

と、管理人は、いった。

「どんな人が来たか、出来るだけ、詳しく、話して下さい」

「名刺を下さった男の方が一人、あとは、何処の誰だかわかりません。とにかく、知り合いなので、部屋を見せてくれということで、全部で、五人でしたね。男の人が四人、女性は、一人です」

「その名刺をくれたのは？」

「この人です」

と、管理人は、名刺を見せてくれた。

〈経営コンサルタント　　森田　浩〉

住所も、白浜になっていた。

「五人の人たちですが、この部屋で、何をしていったかわかりませんか？」

十津川が、きくと、管理人は、困惑した顔になって、

「さあ。じっと、見張っているわけにもいきませんから」

「名前は、いわなかったんですか？」

「ええ。皆さん、知り合いというだけで――」

中年の男や、女が、多かったという。

一人いたという女は、四十歳くらいに見えたといった。身長は、一六〇センチくらいで、痩せていたと、いう。それは、竹下可奈子という女にも似ているようにも、有村晴子に似ているようにも思えた。

「五人もの人間が、この部屋に入ったとすると、捜査に役立ちそうなものは、みんな、持ち去られたかも知れませんね」

と、亀井は、十津川に、いった。

彼が、心配した通り、部屋の中に、手紙や写真の類は、全く、見つからなかった。

「やっぱり、無いね」

と、十津川も、ぶぜんとした顔になった。

もともと、高梨ゆう子本人が、そうしたものを、部屋に置いていなかったのかも知れないし、亀井のいうように、ここに入った男女が、持ち去ってしまったのかも知れない。

とにかく、捜査の手掛りは、何もないのである。

十津川は、行方のわからない、ゆう子の両親が、今、何処にいるか、それも知りたかったのだが、それの手掛りも、部屋にはなかった。

それでも、十津川と、亀井は、狭い部屋の中を、念入りに、調べて回った。

調度品は、全て安物だった。洋ダンスの衣服も、靴も、数が少い。多分、ゆう子は、ここに、長く住む気は、なかったのだろう。

「だが、五人もの人間は、なぜ、この住所を知っていたのかな？　われわれも、知らなかったのに」

十津川は、首をかしげた。

「殺害の主は、知っていたと思いますよ。ゆう子が、赤坂のクラブで働いていたことを知っていた人間は、全員、知っていたと思いますね」

「だが、どうして、ゆう子は、都内のホテルに、泊っていたんだろう？」

第三章　青岸渡寺《せいがんとじ》

1

五月八日。
捜査本部の十津川は、一通の手紙を受け取った。
十津川個人宛ではなくて、捜査本部宛だったが、最初に、十津川が、開封した。
差出人の名前はない。
一枚の便箋に、ワープロで、次のように、書かれていた。

〈来る五月十一日、早朝。
熊野那智大社横の青岸渡寺《せいがんとじ》において、殺された高梨ゆう子の真の葬儀を行います。
ぜひとも、捜査官の臨席を希望します。
シーサイドビューを愛する者たち〉

十津川は、手紙を亀井に回してから、考え込んだ。
捜査は、あれから、いっこうに、進展していない。
東京のホテルで殺された高梨ゆう子について、十津川たちは、南紀白浜まで行き、和歌い。

山県警に協力を求めて、事件の解明を、急いだが、いまだに、容疑者が、浮んで来ていない。

南紀白浜で起きた二つの殺人事件の方も、まだ、解決せず、姿を消した有村晴子の行方もわかっていない。

「どういう意味だと思うね？」

と、十津川は、亀井に、手紙の感想を、きいた。

「高梨ゆう子については、前にも、手紙が、来ましたね。これで、二通目です」

「死者なのに、人気があるんだよ」

「前の手紙は、悪意が、感じられましたが、今回のは、ニュアンスが、違います」

と、亀井は、いった。

「彼女の葬儀は、どうなってたかな？」

「両親は、行方不明ですし、兄は、早死にしています。それで、彼女の大学の同窓生三人が、ひっそりと、葬式をあげています」

「ああ、そうだったね。私は行かなかったが、カメさんは、行ったんだ」

「三人だけの寂しい葬式でしたよ」

「彼女の葬儀をやる、それも、『真の葬儀』というのは、どういう意味だろう？」

「真の——というところに、手紙の主は、意味を込めているんですかね？」

「青岸渡寺というのを、調べてくれ」

と、十津川は、いった。

亀井が、紀伊半島の地図を持ってきた。

紀伊勝浦駅から、北へのぼると、有名な那智の滝がある。

その近くにあるのが、青岸渡寺と、熊野那智大社である。

青岸渡寺については、簡単な説明には、こうあった。

〈西国三十三ヶ所霊場、第一番の札所。本堂は、柿葺きの単層入母屋造りで、木肌をむき出しにした質素な造りで、境内の一部が見晴らし台になっていて、ここから見る三重塔と、那智の滝の風景は、幻想的なほどの美しさだ。三重塔の上からは、那智の滝の全容を眺めることが出来る〉

「シーサイドビューを愛する者たちというのは、どういうことですかね？」

「二百億円の負債で、倒産したあのホテルを、愛している人は、沢山いるんじゃないのかね」

「白浜で、殺された二人も、そのようでしたね」

「彼等にとって、美しい若女将だった高梨ゆう子は、シーサイドビューのシンボルみたいなものだったんじゃないのかね。その一人が、五月十一日に、高梨ゆう子の葬儀をやりたいというのかも知れないな」

と、十津川は、いった。

「しかし、なぜ、勝浦の青岸渡寺なんですかね？」

「わからないが、行ってみようじゃないか。手紙の主も、警察官に、来て貰いたいと、いってるんだ」

と、十津川は、いった。

「三日後ですね」

亀井も、カレンダーに、眼をやった。

2

五月十日。二人は、東海道新幹線に乗った。

名古屋でおり、紀勢本線に乗りかえて、勝浦に向う。

紀伊勝浦で、おりた。

ここは、マグロで有名な町である。二人は、まず、近くのホテルに、チェックインした。とにかく、五月十一日までは、この勝浦に、滞在する必要が、あったからである。

部屋をとったあと、十津川と、亀井は、バスで、青岸渡寺に向った。


約三十分で、お寺前停留所に着く。

午後の陽射しが、厳しかった。

お遍路《へんろ》姿の中年の男女のグループが、いる。十津川と、亀井は、彼等と、一緒に、急な石段を登って行った。

中年のお遍路グループは、みんな元気だった。

それぞれ、杖を手に、どんどん、石段を登って行く。

「少し、運動をする必要がありますね」

と、急な石段と、格闘しながら、亀井が、いった。

石段を登り切ったところが、平らな台地になっていて、青岸渡寺があった。

同じ台地の奥に、熊野那智大社が、ある。

長生きの水という水呑場があり、石段を登ることで、汗をかいた二人は、柄杓《ひしゃく》で、二杯、三杯と、その水を呑んだ。

見晴らし台からは、落差一三三メートルという那智の滝が、正面に見える。お参りをすませたお遍路たちは、その滝をバックにして、写真を撮っていた。

十津川は、青岸渡寺を、見上げた。

西国三十三ヶ所の第一番札所というだけあって、古い木造建築の寺である。

十津川は、寺務所へ行き、

「五月十一日に、ここで、高梨ゆう子という女性の葬儀があると、聞いたんですが、本当ですか？」

と、きいてみた。

相手は、首をかしげて、

「そんな話は、聞いておりませんが」

と、いう。

「高梨ゆう子という名前は、どうですか？　南紀白浜にあったシーサイドビューというホテルの若女将をしていた女性なんですが」

十津川が、聞き直すと、相手は肯いて、

「あのホテルの高梨様なら、よく知っています。毎年、沢山の寄進を頂きましたから。あのホテルが、閉館になったと聞いた時は、心を痛めました」

（それで、手紙の主は、この青岸渡寺を、高梨ゆう子の葬儀の場所に選んだのか）

と、十津川は、納得はしたが、葬儀の話は、聞いていないというのは、どういうことなのだろうか？

「手紙の主は、勝手に、ここで、葬儀をやるつもりじゃありませんか」

と、亀井が、いった。

「勝手に？」

「そうですよ。寺の前の広場でです」

「そんなことが、許されるのかね」

「第一、場所は、青岸渡寺と書いてありましたが、時間の方は、『早朝』という、あいまいな、書き方です。普通なら、何時からと、時間を書くでしょう」

「それは、そうだが――」

「早朝なんて、何時のことか、わかりません。だから、勝手にやるつもりですよ。きっと」

「いや。全く、違うことを、相手は、考えているのかも知れないぞ」

十津川は、急に、表情を変えて、いった。

「どういうことですか？」

「あの手紙にあった『真の葬儀』という言葉の意味だよ」

「ただの葬儀ではないと――？」

「ああ、そうだ」

「では、どういう意味です？」

「それが、わからん」

　十津川は、いらだちを見せて、いった。

「高梨ゆう子は、殺されたんです」

「そうだ」

「その仇討ちをするというんじゃありませんか？　そうすることが、本当の葬儀になると、思っているんじゃありませんか？」

　と、亀井が、いった。

「手紙の主は、犯人を知っているということになるのかね？」

「そうです」

「それなら、なぜ、警察に、知らせないんだ？」

　十津川は、怒ったように、いってから、

「カメさんのいうことは、当っているかも知れない。五月十一日は、暗い中に、ここへ来て、張っていよう。何が始まるのか、私も、見届けたいからね」

　と、いった。

　二人は、いったん、勝浦に戻ると、レンタカーを借りた。十一日は、バスがまだ走る前に、青岸渡寺に行く必要があったからである。

　いよいよ、五月十一日には、午前三時に、ホテルを出て、レンタカーで、青岸渡寺に向った。

空は、曇っていて、暗い。

お寺前に着くと、懐中電灯で、足下を照らしながら、石段を登って行った。

もちろん、人の気配は、ない。

石段を登り切ったところで、ひと息つき、二人は、じっと、夜が、明けるのを待った。

手紙の主が、男か女かもわからない。ひとりか、複数かもである。

今日の早朝に、どんな形で、この青岸渡寺で、高梨ゆう子の葬儀をしようとしているのかも、わからなかった。

亀井は、ここで、高梨ゆう子の仇討ちをするのではないかと、いう。

何だか、殿のご前での仇討ちといった感じだが、手紙の主は、果して、そんなことを考えているのだろうか?

十津川は、煙草を吸いたくなるのを、じっと我慢して、夜の闇の中で、耳をすませていた。

少しずつ、東の方が、白んでくる。

それが、この青岸渡寺の方へ、広がってくる。

「警部!」

と、ふいに、亀井が、叫んだ。

「寺の前に、人が！」

十津川も、同時に、発見して、二人は、駈け出した。

寺の前に、男が、一人、俯せに倒れている。

その背中に、ナイフが、突き刺っていた。

血が、背広に、にじみ出て、それが、すでに、乾いて、固っていた。

「やられた！」

十津川が、舌打ちする。

「もう、相当、時間が、たっていますよ」

「昨夜の中に、殺して、ここに、放置したんだ」

と、十津川は、いった。

亀井が、死体を、引っくり返した。

中年の男の顔が、現われた。四十代前半と、いったところだろうか。

きちんと、ネクタイをしめているが、ちょっとその柄が、派手だった。

十津川が、背広のポケットを調べた。

運転免許証に、財布。財布の中身は、三十五万円。

免許証には、渡辺志郎の名前と、東京都渋谷区本町、コーポ「幡ヶ谷」３０１号の住所があった。年齢は四十二歳。

「東京の男か」

十津川が、呟く。

「問題は、この男が、今回の事件に関係があるかどうかということですね」

と、亀井が、いう。

「それと、手紙の主のいう『真の葬儀』と関係があるか、どうかということだな」

「もし、あるとすると、この男が、高梨ゆう子殺しの犯人ということになるんですかね？」

「わからないな」

と、十津川は、いうより仕方がない。

高梨ゆう子殺しを、捜査してきて、今までに、渡辺志郎という名前には、ぶつかっていなかったからである。

「とにかく、和歌山県警に、連絡しておこう」

十津川は、携帯電話を、取りあげた。

一時間半近くたって、県警の木村警部たちが、やって来た。

木村は、不機嫌だった。

「これは、どういうことです？」

と、いきなり、詰問調で、十津川に、きく。

「これを、受け取ったので、この青岸渡寺に来てみたら、この死体に、ぶつかったというわけです」

十津川は、正直にいって、例の手紙を、木村に見せた。

木村は、一読してから、

「十津川さんは、本当に、ここで、高梨ゆう子の葬儀があると思って、いらっしゃったんですか？」

と、きく。

「その通りです。もし、殺人があると思っていたら、県警に、お知らせしていました」

十津川は、少しだけ、嘘をついた。

木村は、男の免許証に眼をやってから、

「渡辺志郎という、この男に、十津川さんは、何か、心当りがおありですか？」

と、きいた。

「それが、全く、心当りがありません。高梨ゆう子殺しを捜査していて、初めて聞く名前です」

「と、すると、この男は、全く、今回の事件に関係がないということも、考えられますね？」

「その通りです」

「だが、十津川さんは、関係ありと、思っている？」

「そうです。理屈ではなく、そんな気がするのです」

と、十津川は、いった。

少しずつ、観光客が、集り始めていた。その中には、白装束のお遍路さんの姿も、まじっている。

県警の刑事たちが、彼等を、押しやり、死体の周囲に、ロープを張っていった。

木村は、手紙を、十津川に返してから、

「犯人の遺留品があるかも知れないから、周囲を、探せ！」

と、部下の刑事たちに、大声で、命令した。

十津川と、亀井は、見晴らし台の方に、移動した。

「妙なことになりましたね」

亀井が、いう。

「すぐ、西本たちに、男のことを、調べさせよう」

「連絡します」

と、亀井は、自分の携帯を取りあげた。

「青岸渡寺か」

十津川は、呟いてみた。

高梨ゆう子の両親は、この寺に、多大な寄進をしていたという。

だから、手紙の主は、この寺を選んだに違いない。

木村が、近づいて来て、

「あの男の死体は、司法解剖に回しますが、十津川さんは、どうされますか？」

「私たちは、勝浦に戻ります。そこのKホテルに、明日まで、泊っています」

と、十津川は、答えた。

パトカーが、引き揚げて行く。それを見て、ここまで、車であがって来られるのを知った。

寺から、歩いて、五、六分のところに、駐車場があり、S字の坂道が、下まで続いているのだ。その道は、どうやら、有料になっているらしい。

十津川は、下に、車を置いて来てしまったので、亀井と二人、石段をおりて行かなければならなかった。

レンタカーに、乗り込む。

勝浦のKホテルに戻ると、西本たちから、返事が来るまでの間、二人は、温泉に入り、早朝からの疲れをいやすことにした。

風呂からあがり、遅い朝食を、とる。

東京の西本から、電話が入ったのは、昼近くなってからだった。

「渡辺志郎という男のことですが、S組の幹部の一人です」

と、西本は、いった。

「S組？　確か、高梨ゆう子が、ホステスとして働いていた時、S組の組員とも、つき合っていたという話があったな」

「そうです」

「それが、渡辺志郎か？」

「調べましたが、違います。高梨ゆう子が、親しくしていたのは、S組の柴田という男です」

「その男は、今、どうしているんだ？」

「今でも、S組にいる筈ですが」

「他に、渡辺志郎について、わかったことはないか？」

と、十津川は、きいた。

「大学出のインテリです」

「インテリヤクザか」

「これからのヤクザは、力より頭を使えというのが、彼の口ぐせだったようです。もちろん、ただ、頭だけを使うというわけではなく、傷害の前科もあります」

「高梨ゆう子との関係は？」

「それは、まだ、何もわかりません」

と、西本は、いった。

「引き続いて、渡辺志郎のことを、調べておいてくれ」

と、十津川は、いった。

夕食の時間になって、今度は、県警の木村警部から電話が、入った。

「司法解剖の結果が出たので、お知らせします。死因は、ナイフで、刺されたことによるショック死です。ナイフは、心臓にまで、達していました。ナイフの柄には、指紋は、ついておりません」

「死亡推定時刻は、いつですか？」

と、十津川は、きいた。

「五月十日の午後十時から、十一時の間です」

「やはり、昨夜の中に、殺されていたんですか」

「それから、青岸渡寺の下の駐車場で、渡辺志郎が、乗って来たと思われる車が、見つかりました。品川ナンバーのベンツです」

「とすると、彼は、あの急な石段を、登って行ったことになりますね」

十津川が、いうと、木村は、

「或いは、犯人の車に乗って、青岸渡寺まで、あがったのかです」

「なるほど」

「渡辺志郎ですが――」

「S組の幹部です」

「われわれも、それは、調べました。ただ、今回の事件との関係が、わかりません」

「私も、それを知りたいと、思っているところです」

と、十津川は、いった。

「ベンツの中から、見つかったものは、東名高速の領収書と紀伊半島の地図、ロードマップです。それから、青岸渡寺の写真が、二枚です。多分、青岸渡寺に来たのは、初めてだったと思われます」

と、木村は、いった。

「彼を、目撃した人間は、いるんですか？」

と、十津川は、きいた。

「今のところ、まだ、見つかっていません」

「ナイフで、確か、何ヶ所も、刺していなかったような気がするのですが」

「そうです。司法解剖の結果でも、背中の一ヶ所を、深く刺しているとなっています」

「心臓に達している？」

「そうです」

「とすると、犯人は、力の強い、多分、男ということになりますが？」

「女性でも、強い人がいますから」

と、木村は、いった。

なるほど、最近は、女でも、腕力の強いのがいると、十津川は、苦笑した。

電話が、切れると、十津川は、立ち上って、窓から、海に眼をやった。

勝浦港と、島が見える。

だが、十津川の眼は、それを、見ているようで、見ていなかった。

彼が、見ようとしていたのは、犯人像だった。

高梨ゆう子を殺した犯人像であり、渡辺志郎というヤクザを殺した犯人像である。

それが、なかなか、はっきりした形を、見せてくれないのだ。

亀井が、頭をはっきりさせたいといって、仲居に、コーヒーを運んで貰った。

椅子に腰を下して、そのコーヒーを飲む。

「南紀の海は、東京近辺の海とは、色が、違いますねえ」

亀井は、わざと、呑気《のんき》なことを、口にする。

「東北の海は、どうなの？」

十津川も、わざと、呑気に、きく。

「もっと、暗くて、荒々しいですよ。この明るさは、ありません」

「渡辺志郎という男のことだがねえ」

「S組の幹部でしょう」

「何のために、青岸渡寺になんか、やって来たのかねえ？」

「まさか、彼も、手紙の主に、葬儀に呼ばれたわけじゃないと、思いますが」

亀井が、笑った。が、十津川は、笑わずに、

「ひょっとすると、カメさんのいうことが、当っているかも知れないよ」

「手紙の主に、呼ばれたということですか？」

「そうだ。犯人は、渡辺志郎が、高梨ゆう子を殺した犯人と考えて、青岸渡寺に呼び出し、背中から、刺したんじゃないかね？」

「しかし、警部。捜査の途中で、渡辺志郎の名前は、一度も、出て来ていませんよ」

と、亀井は、いった。

「それは、そうなんだが――」

「それに、渡辺は、S組の幹部でしょう。そんな男が、匿名の手紙に呼び出されて、のこのこ、東京から、青岸渡寺まで、やってくるものでしょうか？」

「だが、彼は、ベンツに乗って、青岸渡寺までやって来たんだよ。それだけは、間違いないんだ」

と、十津川は、いった。

「そうなんですよ。それで、わからなくなってしまうんです」

「渡辺志郎が、高梨ゆう子を、殺したとする。それを目撃した人間が、手紙なり、電話なりで、脅して、青岸渡寺に、呼びつけたとしたら、どうだろう？　それなら、やってくるんじゃないかね？」

と、十津川が、いった。

「それでも、おかしいと思います」

「どこがだ？」

「高梨ゆう子は、ホテルの中で、殺されています。それなのに、目撃者がいたというのは、ちょっと、考えられませんが」

「渡辺が、彼女の部屋に入るところか、出てくるのを目撃されたという可能性は、考えられるだろう？」

「警部」

「なんだ？」

「あのホテルの聞き込みは、徹底的にやりましたよ。目撃者を見つけようとして。しかし、目撃者は、とうとう、見つからなかったんです」

亀井は、頑固に、いった。

十津川は、黙ってしまい、煙草に、火をつけた。

別に、亀井に、腹を立てたわけではなかった。しかし、渡辺志郎というヤクザが、青岸渡寺で殺されていた事実は、事実なのだ。

亀井のいう通りだとも、思ったのだ。

それを、どう解釈したらいいのか?

「手紙の主は、五月十一日の早朝に、青岸渡寺で、高梨ゆう子の真の葬儀を、行いますと、捜査本部に、手紙を送って来た。しかし、渡辺志郎が、殺されたのは、前日の五月十日の夜だった」

「そうです」

十津川が、いった。

「手紙の主は、最初から、われわれを、欺したのかな?」

「かも知れません」

「そうだとしたら、なぜ、われわれを、欺したんだろう?」

「最初から、渡辺志郎の死体を、われわれに、見せるのが、目的だったんじゃありませんか? そうだとしたら、われわれに、渡辺を殺すのを邪魔されたくない。だから、前日に殺しておいて、十一日の朝、われわれが、発見するように、したんじゃありませんかね」

と、亀井が、いった。

「しかし、それが、『高梨ゆう子の真の葬儀』になるのかねえ?」

十津川は、険しい眼になっていた。警察をバカにするなという顔になっている。

「あの手紙の主ですが、高梨ゆう子の味方だと、警部は、思われますか？」

亀井が、十津川に、聞き返した。

「手紙の調子から見て、高梨ゆう子の味方か、或いは、彼女に、同情している人間だと、私は、思っているがね」

と、十津川は、答えた。

それは、間違いないと、十津川は、思っている。

3

前に受け取った、匿名の手紙は、高梨ゆう子の過去を、あばき立てていた。

彼女が、ホステスをしていたことがあり、男出入りが多かったと、書き、暗に、信用の出来ない女だと、警察に、訴えていたのだ。

同じワープロの、同じ匿名の手紙でも、読んだ時の感触が、違っていた。

今回の投書には、殺された高梨ゆう子に対する鎮魂のひびきがあった。十津川は、それを感じたのだ。

だから、内容に、不審感を抱きながら、亀井と二人で、南紀に、やって来た。

ところが、青岸渡寺で、十津川が見たのは、寺の前に転がっている男の死体だったのだ。

S組の幹部の、背中を刺された死体である。

これが、果して、殺された高梨ゆう子に対する鎮魂なのだろうか？

十津川が、ひそかに、期待していたのは、そのメッセージだった。

それが見つかれば、事件解決のヒントになるのではないかと、考えていたのである。

十津川は、もう一度、今回の事件について、考え直してみた。

すでに、南紀と、東京で、渡辺志郎を含めて、四人の男女が、殺されている。

白浜で、殺された上田貢一郎と、竹下可奈子は、倒産したシーサイドビューを、懐しんでいたと思われる。

二人は、シーサイドビューが、懐しくて、また、南紀白浜へやって来たと、仲居の君子に、話している。

従って、彼等は、殺された高梨ゆう子の味方と考えていいだろう。

その反対側に、高梨ゆう子を殺した犯人がいると、十津川は、考える。

竹下可奈子を殺して、逃げたと思われる有村晴子は、どちら側に属するのだろうか？

今回の投書の主は、自らを「シーサイドビューを愛する者たち」と、書いている。

この言葉を、そのまま、受け取れば、上田貢一郎や竹下可奈子と、同じ立場に立つ人間と、見ていいだろう。

「どうも、何人かのグループが、いると見ていいようですね」

　と、亀井が、いった。

「別に珍しいことじゃないと思うね。あるホテルとか、料理店の愛好者の集《つど》いがあっても、不思議はない。よくあることだ。そんな店なりホテルを、みんなで守っていこうというグループがあってもいい。問題は、彼等が、殺人事件に、関係しているということなんだよ」

　十津川は、ぶぜんとした顔で、いった。

　彼の前に置かれたコーヒーは、いつの間にか、さめてしまっている。口にする煙草も、もう五本目である。

「ただ、シーサイドビューが好きで、懐しむ人間たちだとしたら、殺人が、絡んでくるとは、ちょっと、考えにくいですが」

　と、亀井は、いう。その通りだった。過去を懐しむ人間が、なぜ、殺されるのか。

「上田貢一郎と、竹下可奈子は、有村晴子に貸した一千万円を取り立てに来て、晴子に殺されたと考えられている。県警は、そう考えているが、カメさんは、どう思うね？」

　十津川が、自問する調子で、きいた。

「有村晴子の置手紙からの推理でしょう。私も、そう思っていました。一千万円という金額なら十分に、殺人の動機になりますから」

「今は、違うのか？」

「個人的に、一千万円を、貸し、それを、上田貢一郎と、竹下可奈子が、相ついで取り立てに来たのだとすると、東京のホテルで高梨ゆう子が殺されたことと、直接関係が、なくなってしまいます」

と、亀井は、いった。

「カメさんは、東京の殺しと、白浜の殺しが関係があると、思っているんだろう？」

「警部も、そう思われているんでしょう？」

「その通りだよ。今度の投書で、或いは、その推理が、証明されるのではないかという期待を、持っていたんだ。上田貢一郎、竹下可奈子と同じ、シーサイドビューを愛している人間と名乗り、南紀で、高梨ゆう子の葬儀をやると、書いてきているからね」

と、十津川は、いった。

「それが、死体が、転っているだけでは、意味が、わかりませんね」

「しかも、S組の幹部の死体だ」

「それに、投書の主は、われわれに、日付を、ごまかしていました。渡辺が殺されたのは、五月十一日でなく、前日の十日ですから」

「どうも、今回の事件では、妙なことが、多すぎる」

と、十津川は、いった。

「そうです」

「上田貢一郎、竹下可奈子の二人に対する有村晴子の、一千万円の借金という話も、信じられなくなってくるんだよ。カメさんも、同感じゃないのか？」

「そうです。ただ、この話が、嘘だとすると、なぜ二人が殺され、犯人と目される有村晴子が、失踪したのか、その理由が、わからなくなります」

と、亀井が、いった。

「有村晴子は、有能で、以前は、倒産したシーサイドビューの経理を、担当していたこともあるといわれている。だが、それでも、一千万円もの大金を貸すだろうか？」

「貸したのは、二人ではなく、高梨ゆう子だったんじゃありませんか？」

亀井が、新しい考えを口にした。

「それで、死んだ彼女に代って、上田貢一郎と、竹下可奈子が、取りに来たということか？」

「そう考えれば、二人が殺されたことと、高梨ゆう子の死とが、結びついて来ます」

「なるほどね」

「ホテルが、倒産し、高梨ゆう子は、金に困ってホステスまでしていました。それで、有村晴子に、昔、貸した一千万円を、返してくれるように、いったのではないかと、思います。返さなければ、告訴すると、いったのかも知れません。困った晴子は、東京にやって来て、一千万円を持って来たと、欺して、ホテルの部屋に入り、高梨ゆう子を殺したのではないでしょうか」

「一応、説明はつくね」

「一方、上田貢一郎は、ゆう子から、有村晴子のことを聞いていたので、南紀白浜へ行き、晴子を、問い詰めたんじゃありませんか。追いつめられた晴子は、上田を、事故死に見せかけて、ホテルから、転落死させたのではないでしょうか」

「ところが、今度は、同じ、シーサイドビューのファンの竹下可奈子が、やって来て、また、晴子を問い詰めた。それで、晴子は、彼女まで殺し、姿を消した——か？」

「そう考えてみたんですが」

「それで、昨夜の渡辺志郎殺しとは、どう結びついてくるんだろう？」

相変らず、十津川は、自問する調子だった。彼自身も、答を見つけたいと、思っていたからである。

「私は、こう考えてみました」

と、亀井は、いい、

「有村晴子一人で、一千万円もの大金を、手にすることは、簡単ではなかったと思います。彼女の背後《うしろ》に、男がいたのではないか。それが、渡辺志郎だったのではないかと、考えました」

「女のかげに男ありか？」

「そうです。渡辺は、大学出のインテリヤクザです。彼が、晴子に、知恵をつけ、一千万円を、借りさせた。その辺の事情を知っている人間が、渡辺を、青岸渡寺に、呼び出して、殺したのではないか。そう考えてみたんですが」

と、亀井は、いった。

「犯人は、なぜ、前もって、われわれの所に、あんな投書を、寄越したのかな？」

「それは、自分のやることを、正義だと思っているからじゃありませんか。それに、警察に、ちゃんと捜査してくれと、ハッパをかけているつもりなのかも、知れません」

「なるほどね」

と、十津川は、肯いた。が、納得した顔では、なかった。

「不思議だ」

と、十津川が、ぽつりと、いった。

「何がです？」

「有村晴子が、ひとりで、借りたとすると、一千万円は大金に思えるんだが、S組の幹部が、絡んでくるとなると、一千万円が、大金とは、思えなくなってくるんだよ」

「わかります」

「もう一つ。四人もの人間が殺されてしまうと、同じように、果して、一千万円が、殺人の動機として、ぴったりしているかも、疑問に思えてくる」

「それに、シーサイドビューは、二百億円の負債で、倒産しています」

「それは、聞いている」

「その二百億円に比べると、一千万円は、端《はし》た金に思えてきます」

と、亀井は、いった。

十津川は、苦笑して、

「それに比べれば、確かに、そうだ」

4

有村晴子の行方は、いぜんとして、わからなかった。

県警の木村は、そのことに、困惑していたのだが、そこに、また、新しい事件が、起きてしまった。

青岸渡寺の事件である。

彼は、本庁の十津川警部の行動にも、不満を、持っていた。

第一に、事前に、知らせてくれなかったことである。

第二は、投書のことだった。

十津川は、投書のことは、東京の殺人事件に関係していると思ったので、知らせなかったと、弁明した。

確かに、投書には、「高梨ゆう子の真の葬儀」と書かれ、殺人を予告する言葉は、見つからない。

しかし、知らせてくれていれば、青岸渡寺の周辺に、厳重な警戒線を敷き、渡辺志郎を殺した犯人を、逮捕できていた筈なのだ。

本庁の十津川たちの勝手な行動が、みすみす、犯人を、逃してしまったのだ。

捜査会議で、木村は、そのことを、問題にした。

「問題の手紙は、コピーして、渡してくれましたが、何といっても、遅すぎます。犯人を逃したのは、本庁の責任だと、考えます」

と、木村は、県警本部長に、いった。

「君の気持はわかるが、これからも、本庁とは、合同捜査を続けていかなければならないんだ。その点は、考慮して欲しい」

本部長の寺本は、穏やかに、いった。

「わかっています」

「ところで、失踪した有村晴子の行方は、まだ、つかめないのか？」

「残念ですが、つかめません。殺された竹下可奈子の方も、素性がよくわからないので、困惑しています。ホテルに残した東京の住所も、でたらめでしたから」

「彼女は、仲居に、一千万円を有村晴子に貸していて、それを、返して貰うために来たと、いっていたんだろう？」

寺本が、きく。

「そうです」

「それは、事実なのか？」

「有村晴子の置手紙にも、金のことで、竹下可奈子と、もめ、返済の当てがないので、姿を消すと、書いてありましたから、間違いないと思います。ただ、置手紙には、金額は、書いてありませんでしたが」

と、木村は、いった。

「では、それが、殺人の動機か？」

「と、思っているのですが、おかしなところも、あるのです」

「どんなところだ？」

「有村晴子の置手紙です」

「どこが、おかしいのだ？」

寺本が、きいた。

「なぜ、あんな置手紙を、書いたかが、わからないのです。ただ、姿を隠すのなら、あれでも、いいのですが、彼女は、竹下可奈子を殺しているのです。殺して、逃げたわけです。あの置手紙では、自分の罪を自白しているようなものです。動機まで書いている。犯人としては、異常な行動だと思うのです」

と、木村が、答えた。

「晴子は、良心が、痛んだんじゃないか。借金の返済を迫られて、殺してしまった。その自責の念が、あの置手紙を、書かしたんじゃないのかね？」

「しかし、有村晴子という女を、調べていくと、どうも、そんな、良心が痛むような人間には、思えないのです。経理の才能を買われてはいましたが、性格を、誉める人は、ほとんどいません。それが、どうして、あんな置手紙を書いたのか、不審でならないのです」

「しかし、筆跡は、間違いなく、彼女のものなんだろう？」

「筆跡は、本人のものと、確認されています」

と、木村は、いった。

「それなら、君は、置手紙を、どう解釈しているんだ？」

寺本が、きいた。

「おかしいと思いながら、真意がつかめずに困っています」

と、木村は、いった。

「君が、怒っている青岸渡寺の件だが、少しは、進展しているのか？」

寺本が、そちらに、質問を移した。

「殺された渡辺志郎については、本庁から、資料が、送られて来ています。彼は、S組の幹部で、インテリヤクザだそうです。それが、自分のベンツで、東京から、和歌山の青岸渡寺まで、わざわざ、やって来て、殺されたわけです。何のために、やって来たのか、それがわかれば犯人の目星がつくと、期待しています」

「目星は、つきそうなのか？」

「今日、本庁の十津川警部と、この件で、電話で、話し合いました。向うは、高梨ゆう子殺害事件のことで、犯人に、呼び出されたと、考えているようです」

「それは、例の投書からの推理だろう？」

と、寺本は、いった。

「そのようです。投書の主は、青岸渡寺で、高梨ゆう子の葬儀をやると書いていて、その寺で、渡辺志郎の他殺体が、発見されたわけですから、誰でも、関連づけて、考えるとは、思いますが」

「君は、反対なのか？」

「そうです」

「理由を、いってみたまえ」

寺本は、じっと、木村を見た。木村は、県警で、期待されるエースである。

本部長の寺本も、この若い警部に、期待をかけていたし、その発言を、尊重してきた。

「投書の主は、葬儀をすると書いています。この人間が、高梨ゆう子を殺した犯人を知っていて、その犯人を捕えるのが、真の葬儀となると考えていたとすると、ただ、殺して放り出しておくのでは、葬儀にはならないと思うのです。殺した渡辺志郎が、高梨ゆう子殺しの犯人であることを、はっきり書いたものを、一緒に置いておくか、あとから、警察に、その旨、電話なり、手紙で、知らせてくるべきだと思うのですが、それをしていません。大げさな投書をした人間らしくありません」

「それを、君は、どう考えるのかね？」

「これは、十津川警部にも、話さなかったのですが、私は、投書の主は、渡辺志郎を、青岸渡寺に呼んだのではないと思ったのです。別の人間を呼んだ。その人間を、投書の主は、高梨ゆう子を殺した犯人と考えていた。そういうことではないかと思います。ところが、青岸渡寺に、渡辺志郎が、やって来た。それで、渡辺を殺す破目になってしまったのではないでしょうか？　だから、高梨ゆう子の仇を討ったと書くことも出来ないし、警察に、知らせることも出来なかった。私は、そう考えたのです」

「なかなか、面白い」

「渡辺志郎は、S組のヤクザです。それに、頭もいいと聞きました」

「それで？」

「投書の主が、高梨ゆう子殺しの犯人と考えた人間をAとしましょう。投書の主は、Aに向って、お前が、高梨ゆう子を殺したことを知っている。話があるから、青岸渡寺に五月十一日の早朝に来いと、いったんだと思います。Aは、怖くなり、前からの知り合いであるヤクザの渡辺に、代りに行って、話をつけて来てくれと、頼んだんじゃないかと思うのです。渡辺は、金になると思って、東京から、わざわざ、青岸渡寺に出かけて行った。相手は、その渡辺を刺し殺してしまったというわけです」

「警察には、五月十一日に、葬儀をやると、いっておきながら、なぜ、前日の夜に、渡辺志郎を、殺してしまったのか。その点の解釈は、どうかね？」

と、寺本が、きいた。

「それは、こう考えました。Aは、ヤクザの渡辺に、交渉を頼みました。渡辺は、引き受けたが、五月十一日は、用があって南紀に行くことが出来ない。前日十日の夜ならいいといった。それで、Aは、投書の主に、十日の夜に変更してくれるように、いったんじゃないか。他に、考えようがありません」

木村は、自信を持って、答えた。

本部長は、微笑して、

「なるほど。筋は、通っている。君の考えは、納得できるよ」

「ありがとうございます」
「本庁は、どう考えているんだろう？」
「私が、十津川警部に接触した感触では、渡辺志郎が、高梨ゆう子を殺
は、その仇を討とうと、彼を、青岸渡寺に、呼びつけたと、考えているよ
前日、十月の夜になったかということについては、まだ、白紙の状態では
す」
　と、木村は、いった。
　寺本は、満足げに、
「そうすると、この事件については、われわれは、本庁を、一歩、リードして
ことだな」
「そう思っています。しかし、もともと、青岸渡寺の事件は、われわれ、和歌山県
管です。本庁が、しゃしゃり出てくることが、おかしいのです」
　と、木村は、昂然と、胸を張った。
「確かに、君のいう通りだ。もう一つ、聞きたいことがあるんだがね」
「渡辺殺しが、南紀白浜の二つの殺人事件とどう関係してくるかということでしょう？」
「その通りだ。君は、関連があると思うかね？　それとも、ないと思うかね？」
「今、東京と、南紀で起きている殺人事件は、全て関係があると、私は、考えています」

「その根拠は、何だね？」
と、寺本が、きく。
「それは、問題の投書のサインです。『シーサイドビューを愛する者たち』と、サインしています。白浜で殺された上田貢一郎と、竹下可奈子の二人は、仲居の君子に、いい合せたように、倒産したシーサイドビューを、懐しんでいて、あのホテルは、素晴しかったといっています。つまり、この二人も、投書の主と同じように、『シーサイドビューを愛する者たち』だったわけです」
「三人は、一つのグループを作っていたと見ていいのかな？」
「私は、グループを作っていたと思います。それも、ひどく、強固なです。もちろん、ただ、シーサイドビューを、懐しむといったグループではなかったと思います。三人目は、高梨ゆう子の仇を取ろうとして、ヤクザの渡辺を刺し殺してしまったわけです
「と、すると、青岸渡寺事件の犯人を、見つけ出すのは、そう難しくはないよう
と、寺本が、きいた。
「白浜で殺された上田と、竹下可奈子の友人、知人の線を調べていけば、必然
にたどりつけると、確信していますが、上田と、竹下可奈子の二人が、ホテ
を使っていたということで、本名も、身元も、まだ、つかめないのです」
「それが、あったな」

「ただ、今度の事件で、ヒントを一つ得ました」

「どんなヒントだね？」

「今度の犯人は、殺人をやっています。そのくらい、シーサイドビューに対する思い入れが、強かったということが、考えられます。上田と、竹下可奈子が、この犯人と同じ仲間だとしたら、シーサイドビューに、泊ったのが、一度や二度ということは、考えられません。もっと、しばしば来ていた筈です。倒産したあのホテルの元従業員なら、上田と、竹下可奈子の顔を覚えているかも知れません。これから、その元従業員を、探してみるつもりです」

「シーサイドビューの従業員は、その多くが、関連のあるシーサイドホテルに、吸収され、あとは、他の仕事に、移ったりしているんだろう？」

「そうです。ただ、シーサイドホテルに、再雇用されたのは、皆、若い人たちなんです。そういう人たちは、古いシーサイドビューについては、知りません。上田と、竹下可奈子は、古いお得意だと思うので、シーサイドビューの古い従業員を探し出して、話を聞こうと思っています」

と、木村は、いった。

木村は、部下の刑事たちを動員して、シーサイドビューの古い従業員探しを開始した。

丸一日かかって、田辺の町にいる、シーサイドビューの元従業員を、見つけ出した。

五十八歳で、小泉宏という、シーサイドビューでは、フロント係をやっていた男である。二十年間、勤め、今は、田辺で、息子夫婦と一緒に、生活していた。

木村の指示で、小泉に会った大木と林の二人の刑事は、まず、上田貢一郎と、竹下可奈子の二人の似顔絵を見せた。

「この二人ですが、しばしば、シーサイドビューに、泊りに来ていたと思うんですが、記憶は、ありませんか？」

大木がいうと、小泉は、二枚の似顔絵を、じっと見つめ、二人の刑事に、背格好などを聞いてから、

「この男の方は、覚えています」

「よく、シーサイドビューに、来ていたんですね？」

「毎年、今頃、必ず、いらっしゃって、一週間ぐらい、泊っていかれましたよ。こちらの女の方は、覚えておりませんが」

と、小泉は、いった。

やっぱりだと、大木は、思いながら、

「その頃、上田貢一郎と、いっていましたか？」

「いや、確か、上岡さんと、おっしゃっていた筈です。東京の方で、うちの高梨社長と、親しい方だと、聞いていますが」

「娘さんの高梨ゆう子さんとは、どうでした？」

「若女将のファンでした。ファンの集いがあったんです」

「当時のことを、あなたより詳しく、知っている人は、いませんかね？」

「高梨社長は、もちろん、よくご存知だと思いますが」

「ところが、社長夫婦は、行方不明なんですよ」

「まだ、わかりませんか？」

小泉は、暗い表情になった。

「わかりません。二百億円もの負債なので、夫婦で、心中したのではないかという噂もあるんですがね」

林が、いうと、小泉は、

「社長も、奥さんも、人一倍、責任感の強い人だから――」

「他に、シーサイドビューのことを、詳しく知っている人は、いませんかね？」

「そうですねえ。一番よく知っているといえば、副社長の伊原さんだと思います。私なんかは、ホテルの内実については、よく知りませんが、伊原さんは、高梨社長と一緒に、ずっと、ホテルの経営をやって来られたから、よく、知っていると、思いますが」

「伊原副社長ですか？　あまり、名前を聞かないんだが――」

「いつも、高梨社長を立てて、裏の仕事に、徹しておられましたからね」

「今、何処におられるか、知っていますか？」

「それが、シーサイドビューが、倒産した時から、会っていないのですよ。高梨社長に代って、きちんと、清算をすませて、姿を消されたんじゃありませんかね」

「伊原さんですか。何歳くらいの方ですか？」

「高梨社長と同い年の筈です」

「じゃあ、今、六十五歳か」

「幼なじみで、高校の同級生だと聞いたこともありますが」

と、小泉は、いった。

第四章　戦いの始まり

1

予感というものがある。

十津川は、それを、強く、感じていた。

最初は、南紀白浜のホテルから、転落死した、上田貢一郎という男の事件だった。

事故死か、自殺と見られていたが、他殺の可能性が、強くなった。

同じ頃、東京新宿のホテルで、高梨ゆう子が殺された。

次は、上田貢一郎と同じホテルで、竹下可奈子という女が、似たような行動をとったあと、死亡した。

そして、四人目として、渡辺志郎というS組の幹部が、勝浦の青岸渡寺の境内で、殺された。

この四つの事件は、関係があるような、無いような殺人である。

動機も、はっきりしない。

去年、倒産したシーサイドビューというホテルに、関係があるらしいのだが、それも、明確ではなかった。

ただ、十津川は、感じるのだ。

この四つの殺人は、大きな事件の序曲なのだという予感である。

次に、大量殺人が起きるというのではない。もう、殺人は、起きないかも知れない。それは、わからないが、細かい支流が、一本になって、大河になるように、事件全体の真相が、見えてくるのではないか。

それは、長い刑事としての経験からくるものだった。

犯人は、大きな秘密を隠そうとして、口封じを図《はか》る。だが、うまくいかなくて、もう一人、殺してしまう。

そして、四人も殺してしまったのだ。

これ以上、犯人は、真実を隠すために、何をする気だろうか？

多分、それが、限界で、いよいよ、真実が、明らかになってくる。十津川には、その予感がするのだ。

ただ、見る眼がなければ、真実は、見えて来ないだろう。

「私も、予感がします」

と、亀井も、十津川に、いった。その眼が、光っている。

「犯人は、必死なんだ。南紀白浜で、上田貢一郎を、殺し、東京で、高梨ゆう子を殺し、また、白浜で、竹下可奈子を殺した。全て、何かを守ろうとしたんだと思っている」

「青岸渡寺の渡辺の死は、違いますか？」

亀井が、きく。

「ああ。犯人は、渡辺を使って、何かを守ろうとしたんだ。前と、同じだよ。ただ、今回は、逆に、渡辺の方が、殺されてしまったんだよ。犯人は、S組の幹部を使って、四人目の口を封じようとしたんだと思う。だが、今度は、失敗した」

「犯人は、何を守ろうとしたんでしょうか？」

「カメさんにも、思うことが、あるんだろう？」

十津川は、亀井の考えを聞く。

亀井は、微笑した。

「誰が、考えても、倒産した南紀白浜のシーサイドビューに行きつきます。上田貢一郎と、竹下可奈子は、シーサイドビューに、一度、泊ったが、その時の、楽しさを思い出し、懐しくなって、やって来たと、二人とも、仲居にいっていますが、これは、明らかに、嘘ですね。もちろん、そういうことは、あると思います。私だって、一度、行った伊豆の旅館の心遣いが、忘れられないということがありますから。しかし、それだけなら、上田と、竹下可奈子が、殺されるというのは、不可思議です。二人は、殺される理由があって、殺されたんですよ。東京の新宿のホテルで殺された高梨ゆう子も、同じだと思います。たまたま殺されたのではなく、同じ理由があって、殺されたんだと、思っています」

「それで、上田と、可奈子は、本当は、何のために、南紀白浜に来たと思うね？」

と、十津川が、きいた。

「竹下可奈子ですが、シーサイドホテルの経理係の有村晴子に対して、借金を返せと、迫ったといわれています」

亀井が、いう。

「それで？」

「有村晴子は、倒産したシーサイドビューでも経理をやっていた女性です。そのホテルが、潰れたので、関係のあるシーサイドホテルで、同じ経理をやるようになった女です。と、すると、竹下可奈子は、晴子が、潰れたシーサイドビューで働いていた時に、お金を貸したことになります」

「理屈としては、そうだな」

「しかし、これは、不可思議です。なぜなら、シーサイドビューが、倒産して、半年になるんです。その間、なぜ、請求しなかったんでしょうか？　それに、一度しか来なかった客が、大金を貸すとは、思えません」

「それで？」

「では、何しに来て、何のために、有村晴子に会い、なぜ、殺されることになってしまったのか、それが、わからなくなります」

「そこを、カメさんが、どう考えるか、聞きたいんだよ」

と、十津川は、いった。

「やはり、金ではないか、と、私は、思います。ひょっとすると、上田貢一郎も、同じ理由だったのではないか。彼も、同じ有村晴子に、金を返せといったのではないかと思うのです。それで、彼も、殺されてしまった。そう考えるんですよ」

亀井は、考えながら、いった。

「竹下可奈子と、有村晴子との葛藤についてだが、一千万円という具体的な金額が、噂としてあったが、その点を、カメさんは、どう考えるね？」

と、十津川が、きく。

「私は、その金額を、信じます」

「しかし、ホテルの従業員に、ポンと、そんな大金を、貸すだろうか？」

十津川が、首をかしげて、亀井を、見た。

「貸さないでしょう」

「だが、カメさんは、信じるんだな？」

「竹下可奈子が、仲居に、いったことなんです。そんなことで、冗談をいうような女性とは、思えないのです」

「上田貢一郎も、有村晴子に、金を貸していたのではないかと、カメさんは、いうが、その金額は、どう考えるんだ？」

「同じ一千万円です」

「上田貢一郎も、竹下可奈子も、同じ一千万円を、昔、有村晴子に、貸していたというのかね？」

「そうじゃありません。多分、二人で、一千万円を、有村晴子に貸していて、それを、請求しに、まず、上田貢一郎が、やって来た。その上田が、殺されると、今度は、竹下可奈子が、請求をしに、やって来た。そう、私は、考えます」

と、亀井は、いった。

2

「今度は、警部の考えを聞かせて下さい」

と、亀井が、いった。

十津川は、すぐには、返事をしなかった。

亀井は、刑事の一人としての考えをいえばいいのだが、十津川の場合は、次の捜査方針になるかも知れなかったからである。

「私の場合は、青岸渡寺の事件から、逆に考えを、溯《さかのぼ》らせてみようと、思っている」

と、十津川は、言葉を探すように、いった。

「捜査本部に届いた手紙のことからですか？」

「そうだ。殺された高梨ゆう子の真の葬儀を行いますと、あった。そして、署名は、シーサイドビューを愛する者たち、だった」

「そうです」

「普通なら、高梨ゆう子を愛する者か、高梨ゆう子の死を悼《いた》む者じゃないか。倒産したホテルを愛する者が、なぜ、殺された高梨ゆう子の死を悼むのか？」

と、十津川は、いう。

「それは、彼女が、シーサイドビューの若女将だったからじゃありませんか？」

亀井が、いった。

「私の勝手な解釈だがね。高梨ゆう子の死と、シーサイドビューの倒産を、同じ悲しみとして受け取っている人間が、いるんじゃないのだろうか？」

「どんな人間ですか？」

「ひとりではなく、グループだよ。その中に、上田貢一郎も、竹下可奈子も、入っている筈だ」

「なるほど。そのグループは、倒産したシーサイドビューを、こよなく愛していた」

「そして、シーサイドビューのシンボルとしての高梨ゆう子も、愛していたということなんじゃないかと思う」

と、十津川は、いった。

「その連中ですが、捜査本部に、あんな投書を送りつけて来たところをみると、東京で、高梨ゆう子を殺した犯人を、知っているのかも知れませんね」

「想像はついているんだと思う。本当に、犯人を知っていて、証拠もあるのなら、警察に、その証拠と一緒に、犯人の名前も、届けている筈だからね」

「青岸渡寺の件と、他の殺人事件との関係を、どう考えられますか？　警部は、逆に、溯って、考えてみたいと、いわれましたが」

亀井は、じっと、十津川を見た。

「今、いったように、シーサイドビューを愛するグループは、そのシンボルとして、美人の若女将だった高梨ゆう子も、愛していたんだと思う」

「そうです」

「そのシーサイドビューは、去年、突然、二百億円の負債を抱えて、倒産した。連中は、この倒産を、おかしいと、思っているんじゃないかな。だから、上田貢一郎、竹下可奈子と、次々に、探りを入れるために、南紀白浜にやって来たのではないだろうか？」

「有村晴子の借金のことは、どう思われますか？」

「彼女は、倒産する前のシーサイドビューで、経理を、担当していた。きっと、何かを知っているに違いないと、連中は、考えたんだと、思うね。それで、上田と、竹下可奈子は、的を、有村晴子に絞って、攻めることにしたんじゃないかな」

「一千万円の借金については、どう思われますか？」

と、亀井が、きく。

「それについては、私も、カメさんと、同意見なんだ。具体的に、金額を出していることに、意味があると、思っている。上田貢一郎も、恐らく、同じ金額を、有村晴子に要求したんだと、私は、思っているんだ。ただ、倒産したホテルを懐しみに来たのなら、殺される筈がないからね」

「一千万円という金額は、どう思われますか？　個人が、貸すにしては、大金過ぎますが」

亀井が、疑問を、口にした。

「それを、私は、ずっと、考えていた。カメさんのいう通り、個人が、簡単に貸すにしては、大金過ぎる。第一、借用証があったという話が、全く、聞こえて来ないんだ。竹下可奈子は、仲居に、一千万円を貸しているという話をしているが、借用証を、見せていない」

「では、一千万円の話は、嘘だと思われるんですか」

「最初は、嘘だと、考えていた。カメさんのいう通り、シーサイドビューが、潰れる前に、一千万円も貸しているなら、なぜ、今まで請求せず、急に、今になって、請求しに来たのか、わからないからね。もう一つ、有村晴子について、いろいろと話を聞いたが、大金を借りていて、その返済に、困っていたという話は、していないんだ。そんな話は、誰も聞いていない」

「今は、どう思われるんですか？」

「一千万円の話が嘘なら、上田にしても、竹下可奈子にしても、殺されていなかったと、思っている」

と、十津川は、いった。

「矛盾していますね。警部は、今、一千万円も、借金していれば、有村晴子が、誰かにそれらしい話をしていなければおかしいといわれた。しかし、逆に、一千万円もの大金を借りていたから、請求しに来た上田と、竹下可奈子の二人を、殺さなければならなかったと、いわれた。矛盾していますよ。答は、どっちなんですか？」

亀井は、遠慮なく、きく。

「両方とも、正しいと、思っている。いや、正しいんだ。二人が、現実に、殺されているからね。いや、他に、高梨ゆう子も、東京で、殺されている」

と、十津川は、いった。

「どちらも正しいとなると、本当の答は、どういうことになるんですか？　一千万円は、どうなるんですか？」

「こう考えてみたら、どうだろう。一千万円は象徴的な意味で、存在したと」

「シンボルですか？」

「そうだ」

「しかし、何のシンボルですか？」

「犯罪のだよ」

と、十津川は、いった。

「もっと、わかるように、話して下さい」

「上田貢一郎、竹下可奈子、それに、高梨ゆう子は、いずれも、倒産したシーサイドビューに、関係があった人たちだ。その人たちが、相ついで殺されている」

「そうです」

「ただの倒産だったら、こんなことが、起きるだろうか？　倒産したホテルの娘には、借金だけがあって、彼女自身、ホステスもやっていた。そんな娘を、わざわざ、ホテルに押しかけて行って、殺す必要が、なぜ、あったのか。上田貢一郎と、竹下可奈子は、いわゆるシーサイドビューを愛するグループの人間だ。ただ、昔のホテルを懐しむ男女を、なぜ、殺す必要があったのか？」

「ええ」

「唯一、考えられる理由は、去年の倒産に、何か秘密があったのではないかということだよ」

　と、十津川は、いった。

「どんな秘密ですか？」

「二百億円の負債も、その一つだと、私は、考えている。去年、突然、シーサイドビューは二百億円の負債を抱えて、倒産してしまった。南紀白浜の、同業者たちに聞いても、突然で、びっくりしたと、いっているんだ。そんな負債があるとは、知らなかったという話ばかりだからね」

「しかし、現実に、シーサイドビューは、T銀行から、多額の借金をしていたわけでしょう？　それが、合計で、二百億円になっていたわけです」

　と、亀井が、いう。

「だがね。その間の事情を一番よく知っている筈の高梨社長夫婦は、行方不明のままだ。借金に追われ、債権者から、身を隠しているのだともいわれているし、すでに、揃って、自殺しているのではないかとも、いわれている」

「警部は、どう思われるんですか？」

「わからない。逃げ回っているのかも知れないし、すでに、死亡しているのかも知れない。それも、捜査が、進展していけば、自然に、わかってくると思うがね」

「もう一人、二百億円の負債について、知っていると、思われる人間がいますよ」

「有村晴子だろう」

「そうです。倒産するまで、彼女が、シーサイドビューの経理の責任者だったわけですから、二百億円もの負債が、どうして出来たか、その辺りの事情を、よく知っていると思いますが」

「その有村晴子は、今、行方不明だ。上田貢一郎と、竹下可奈子を殺したと、思われている」

「そこで、一千万円ということになるんですが、警部のいわれた、象徴的な金額というのは、どういうことですか？」

「これは、仮定の話なんだが、シーサイドビューの倒産が、仕掛けられたものだとしてみよう。この倒産劇を、計画した犯人がいる。その犯人に頼まれて、有村晴子が、帳簿を細工したのではないか。二百億円という借金は、シーサイドビューの高梨社長が、借りたものではなく、犯人が、借りたものだった。それを、経理の責任者の有村晴子が、帳簿を操作して、高梨社長が、借りたものにした。高梨夫婦は、行方不明だから、シーサイドビューが、借りたものではないという証明はできない」

「そうなると、高梨夫婦が、失踪しているのは、犯人が、関係していると、思わざるを得ませんね」

「そうなるね。娘の高梨ゆう子も、シーサイドビューを愛する人たちも、ホテルの倒産が、怪しいと、思っていたんだと思う。ただ、今もいったように、肝心の高梨社長夫婦が、行方不明になってしまっているし、倒産が企てられたものだという証拠もなかった。だから、動こうとしなかったんだよ。それが、今になって、何かを、つかんだんだ。それで、シーサイドビューを愛する連中が、動き出したんだと思う」

と、十津川は、いった。

「それで、一千万円ですか」

「有村晴子が、倒産の片棒を担いでいたとすると、ただで、そんな危ないことをする筈がない」

「金ですか？」

「そうだよ。有村晴子は、金を貰って、犯人にいわれるままに、帳簿を細工したんじゃないだろうか？　その金額が、一千万円。いや、一千万円ぐらいは、貰ったに違いないと、上田たちは考えたんじゃないだろうか。だから、有村晴子に、一千万円、返せと、要求した。それは、一千万円を返せということよりも、お前は、金を貰って、帳簿を、細工し、シーサイドビューが、倒産するのを計画しただろうと、告発する意味が、強かったと思うね」

と、十津川は、いった。

「それで、一千万円という金額には、象徴的な意味があると、警部は、いわれたわけですね」

「そうなんだ。だから、いった方も、それが、八百万円でも、千二百万円でも、或いは、二千万円でも、良かったんだと思うね。とにかく、有村晴子が、シーサイドビューで働きながら、その会社を裏切るのに、大金を貰ったに違いないと考え、それを、一千万円という金額に表わしたのだと、私は考えたんだよ」

「それで、シーサイドビューを、倒産に追い込んだ犯人ですが、それは、誰だと、思われますか？」

と、亀井が、きいた。

「これも、あくまでも、仮定の話だが」

と、十津川は、慎重に、断ってから、

「高梨社長とは、親戚関係にある、シーサイドホテルの社長ではないかと思っている。似たようなホテルが、近くにあって、ライバル関係にあったと、思えるんだよ。現に、シーサイドビューが、倒産して、あのホテルの客も、今は、シーサイドホテルを、利用するようになっているからね」

3

「確か、高梨社長の遠い親戚で、花田という四十五歳の若い社長でしたね」

と、亀井が、いった。

「県警の大木刑事が、そういっていた。花田社長は、若い時、高梨社長に私淑して、自分から勉強のために、シーサイドビューで、フロント係をやっていたと、いうことだった」

十津川も、思い出しながら、いった。

「それに、自分で、ホテルを始めるに当って、その資金は、彼の家が、熱海で、ホテルをやっていて、そのホテルを売却して、作ったということでした」

「覚えているよ。まず、それが、本当かどうか調べてみようじゃないか」

と、十津川はいった。

二人は、南紀から、急遽、熱海に、回ることにした。

何処の温泉地も、バブルがはじけて、苦戦しているが、熱海も、その例外ではなかった。

表通りに面した有名ホテルのいくつかが、閉館されてしまっている。

花田の家が、経営していたのは、これも、表通りにある「ホテル・はなだ」という七階建のホテルだった。

このホテルは、三年前、同じ熱海のW不動産に売却されている。

今は、建物は、全て、こわされ、駐車場になっていた。

所有は、W不動産である。JR熱海駅前にあるW不動産に、十津川と、亀井は、顔を出し、藤本という社長に会った。

十津川が、警察手帳を示すと、藤本は、さすがに、かたい表情になった。

「あの取引きには、別に、問題は、ありませんでしたよ。不正な取引きなどでは、ありませんから」

「別に、取引きに、疑問を持ったわけじゃありません。取引きの内容を、話して頂ければいいんです。われわれは、経済関係の捜査をやっているわけじゃありませんから」

「捜査一課というと、殺人事件でしょう？」

「そうです」

「うちが、殺人事件に関係しているというんですか？」

藤本が、眉をひそめて、いう。

「いや、南紀白浜で、殺人事件が、起きていましてね。東京でもです。その捜査の参考にしたくて、伺ったんですよ。『ホテル・はなだ』を、お買いになったのは、こちらだと聞いたものですからね」

と、十津川は、いった。

「確かに、うちが、購入しましたが、不正な取引きじゃありませんよ」

藤本は、また、繰り返した。

「いくらで、購入したんですか？」

「いわなくちゃいけませんか？」

「何しろ、殺人事件が、絡んでいますのでね」

「百億円です」

「間違いありませんか？」

「この場所ですから、バブルの頃なら、二百億円はしたと思いますがね。大変な価値の下落です」

「では、百億円が、花田さんに、支払われたわけですね？」

「そうですが、花田さんは、銀行に借金があったようだから、実際に、手に入ったのは、半分の五十億ぐらいじゃなかったかな」

と、藤本は、いった。

「それは、間違いありませんか？」

「ないですよ。銀行の人から聞いてるから」

「花田さんというのは、どういう人ですか？」

と、十津川は、きいた。

「いい人ですよ。『ホテル・はなだ』は、古くからのホテルでね。そこの、一人息子だから、まあ、いってみれば、いいとこの、お坊っちゃんの感じですかね。ただ、あのホテルを売却する頃から急に、仕事熱心になって、人が変ったような感じでしたよ」

「なぜ、そうなったんですかね?」

「父親の自殺が原因じゃありませんかね?」

「自殺したんですか?」

「そうです。花田さんの父親は、花田匡さんといって、熱海の名士だったんですよ。経営も、しっかりしていて、借金もなかった。それが、古くからの友人にいわれて、借金の連帯保証人になった。それで、十億円とか、二十億円という借金になってしまったんです。息子の花田さんは、その時、ケチのついたホテルなんか、売ってしまえといったが、父親の方は、自分の代で、売却するには忍びないといって反対し、それが、家族の間で、いい争いになったらしいんです。それで、父親は、自殺してしまったということです」

「そのあとで、息子の花田さんが、ホテルを売却した?」

「ええ」

「金を借りた友人は、どうしたんですか?」

「行方不明ですよ。古くからの友人らしくて、その友人に、欺されたということも、自殺か？」
「息子の花田さんですが、南紀白浜で、大きなホテルをやっていることは、知っています
と、藤本は、いう。
の理由の一つだったんじゃありませんかね」

亀井が、きいた。

「話は聞いていますが、行ったことはありませんよ」

「これが、そのシーサイドホテルです」

と、亀井は、写真数枚と、ホテルの図面を、袋から取り出して、藤本に見せた。

「土地は、約千坪です。南紀白浜の一等地に建っています。あなたの眼から見て、評価額は、どのくらいですか？」

と、十津川は、きいた。

「豪華ホテルですね。ただ、南紀白浜のことをよく知りませんからねえ」

「熱海のホテルを売った金で、この新しいホテルが、建てられますかね？　土地は、用意できていたとしてですが」

十津川が、きくと、藤本は、もう一度、写真と、図面に眼をやって、

「無理でしょうね。今もいったように、百億円で、購入しましたが、実際に、花田さんに渡ったのは、半額くらいだから」

と、いった。

「売却後、花田さんから、連絡は、ありますか？」

十津川が、きいた。

「向うのホテルが、オープンした時、案内状を貰いましたよ。行きませんでしたが、それだけです」

「父親は、自殺したということですが、母親は、今も、健在ですか？」

「息子さんが、南紀に呼んだけれど、母親の節子さんは、熱海にいたいといって、老人専用のマンションに、住んでいるという話ですよ。熱海にはそういうマンションが、いくつかあるんです」

と、藤本は、いった。

そこに行って、花田の母親に会ってみることにした。

海岸べりにある白亜のマンションである。医者、看護婦も、常駐していて、食事つきなので、人気が、あった。

花田の母親、花田節子は、その一室に入っていた。

年齢は、六十八歳だという。小柄で、静かな感じの女性だった。

「南紀白浜で、ホテルをやっている息子さんのことですが、連絡は、よくあるんですか？」

と、十津川は、きいた。

節子は、なぜか、十津川たちを見ようとはせず、窓の外に広がる海に眼をやったまま、

「あまり、ございません」

「倒産したシーサイドビューの高梨社長とは、親戚に、当るそうですね？」

「遠い親戚ですわ」

「殺された高梨ゆう子さんとも、当然、親戚関係になるわけですね？」

「ええ。でも、つき合いは、殆ど、ありませんでした」

「しかし、息子さんは、一時、シーサイドビューで、フロント係を、やっていたわけでしょう？」

亀井が、きいた。

「あれは、亡くなった主人に、反発したんですよ」

と、節子は、いう。

「どういうことですか？」

「主人は、昔風の、丁寧な接客と、経営をやっていました。息子は、それに反発して、南紀白浜のシーサイドビューに、勉強に、行ったんです」

「なるほど、息子さんは、どういう方ですか？」

と、十津川が、きいた。

「亡くなった主人と、正反対の性格ですわ」

「正反対というと？」

「主人に、反発して、大人になってきましたから。昔風なやり方にも、反発していましたし、友だちのために、自分が損をするなんて、一番、軽蔑していたと、思いますね」

節子は、かたい声で、いった。そんな息子の性格に、ついていけないという感じだった。

「シーサイドビューが、倒産した時、どう思われましたか？」

「別に、何も――」

「しかし、息子さんが、勉強のために、フロント係をしていたホテルだし、親戚でしょう？」

「でも、殆ど、つき合いがありませんでしたから」

と、節子はあくまでも、無関心な表情をしていた。

そこに、何かあるのだろうか、彼女の顔からは、それが、読めなかった。

「息子さんは、結婚していましたかね？」

「去年、別れたと、聞いています」

「どういう奥さんでした？　会ったことがありますか？」

「そりゃあ、息子の嫁ですから、何回か、会っていますわ」

「どんな女性でした？」

「まゆみさんと、いって、息子が、シーサイドビューで、働いていた頃に、知り合った方ですわ」

「じゃあ、彼女も、同じシーサイドビューで、働いていたんですか？」

「ええ。同じフロントで」

「今、まゆみさんは、どうしているんですかね？」

「さあ。南紀の方ですから、今も、向うに、いると、思いますけど」

相変らず、投げやりな調子だった。

嫁と姑という関係だったからだろうか。しかし、それなら、その嫁がいなくなった現在、息子と一緒に住むのではないだろうか。

だから、何か、他の理由があって、息子や、息子の元嫁と、疎遠になっているのかも知れない。

「息子さんは、今、南紀白浜で、大きなホテルを、経営していますが、必要な費用は、どうやって、工面したんでしょう？」

と、十津川は、きいてみた。

「それは、熱海のホテルを売却して――」

「それではかなり、不足していた筈なのですよ。あなたのところに、相談はありませんでしたか？」

「いいえ。銀行に、融資をお願いしたんじゃありませんか」

「どこの銀行でしょう？」

「さあ。わかりませんけど、主人が、ずっと、お世話になっていた、M銀行の支店が、向うにもあるはずですから、そこで、融資して頂いたんじゃありませんか」

と、節子は、いった。

彼女のマンションを出たあと、十津川は、和歌山県警の木村警部に電話をかけた。

「シーサイドホテルの花田社長が、何処の銀行と、取引きがあるか、調べて貰いたいのです」

と、十津川が、いうと、

「それなら、わかっています。T銀行の和歌山支店ですよ」

と、木村は、いう。

「それ、間違いありませんか？　M銀行の和歌山支店じゃないですか？」

「いや。T銀行の和歌山支店ですよ。今のホテルを建てる時も、T銀行から、融資を受けています」

「なぜ、M銀行にしなかったんでしょうか？」

「それは、わかりませんが、多分、隣のシーサイドビューの高梨社長に、T銀行を紹介されたんじゃありませんかね。高梨社長は、長い間、T銀行と、つき合いがあるようですから」

と、木村は、いった。

「花田社長と、T銀行の関係を、詳しく調べてくれませんか。熱海で調べたところ、父親が経営していたホテルを売却して、それを、シーサイドホテル建設の資金にしたと思われるのですが、それは、五十億円くらいにしかならず、とても、建設資金には、足《た》りなかったと思われます。それで、資金繰りをどうしたのか、その辺のところを、知りたいのです」。

「わかりました。明日、早速、調べてみましょう」

と、木村は、いった。

4

翌日、木村は、大木刑事を連れて、T銀行和歌山支店に行き、支店長の岡部に会った。

岡部は、難しい顔で、

「シーサイドビューさんとは、長いおつき合いだったんですが、突然の倒産は、私にも、驚きでした。おかげで、私どもでも、二百億円という大きな、焦げつきを作ってしまいました。その責任をとって、前の支店長は、辞めざるを得ませんでした」

「倒産の不安は、全く感じなかったんですか？」

と、木村は、きいた。

「正直にいって、わかりませんでしたね。バブルがはじけても、あのホテルだけは、健全経営で、絶対安全だと思っていたんです。唯一の不安は、高梨社長が、病身だ、ということでしたが、そこは、信頼の厚い副社長の伊原さんが、しっかりしておられるので、安心していたんですがねえ。それで、三年前、ホテルの改造費用、その他で、二百億円を、融資する時も、全く、不安は、なかったんです。それが、突然、返済不能になるし、その上、改造も、殆ど、行われていなかったというんですから、まるで、狐につままれたような感じでしたよ」

「伊原さんは、何といっているんです？」

「それが、倒産と同時に、行方不明になってしまいましてね。伊原さんが、二百億円を、自分のふところに入れてしまったのだとか、株で大損をしたのだろうとか、いろいろな、噂が流れました。その上、高梨社長夫婦も、姿を消してしまって、どうにもならなくなってしまったんですよ」

と、岡部は、いう。

「シーサイドホテルの建設について、花田さんは、おたくから、いくら、融資を受けたんですか？」

「五十億円です。この方は、返済計画に従って、きちんと、返済して頂いています」

「五十億円で、あの大きなホテルが、出来あがったんですか？」

「花田さんは、熱海のホテルを、売却して、南紀にやって来られたと、聞いています。その資金も、あったんだと思いますよ」

と、岡部は、いった。

「シーサイドビューへの二百億円の融資ですが、担保は、何だったんですか？」

と、木村は、きいた。

「前支店長の話では、ホテルと、高梨社長への今までの信用だったといっていましたね。本店の方でも、それで、了承したので、二百億円を融資したのだといっていました。うちの本店でも、まさか、焦げつくとは、思っていなかったんです」

と、岡部は、いう。

「シーサイドビューは、改造費その他として、二百億円を、借りたと、いいましたね」

「そうです」

「その他というのは、何です？」

「シーサイドビューは、埋立地の上に建てられていますからね。豪華クルーザーを購入し、それに泊り客を乗せて、海上でのパーティーを開くことも、計画していたんです」

「その豪華クルーザーの代金ですか？」

「そうです」

「その船は、実際に、購入したんですか？」

「スウェーデン製の大型クルーザーを、購入していましたね。三億円だったと聞いていま
す」

「その船は、今、どうなっているんですか？」

「シーサイドホテルが、買い取って、使用しています。三億円の船を、一億円で、買った
と聞いています」

「ああ、あの船ですか」

と、木村は、肯いた。

シーサイドホテルが、客へのサービスとして、その大型クルーザーに、泊り客を乗せ
て、パーティーを開いている。

「シーサイドビューは、二百億で、改造をやったんですか？」

と、木村は、きいた。

「やっていました。しかし、あとになって、それは、せいぜい、五億円程度の改造費だっ
たと、わかりました」

「じゃあ、五億円の改造と、三億円のクルーザーの八億円の使途は、わかったが、残りの

百九十二億円は、どうなったか、それは、どうなんです？」

　と、木村が、きく。

「それなんですが、今もいったように、伊原さんが、持ち逃げしたとか、株に注ぎ込んでしまったとか、いろいろと、噂は、ありましたが、シーサイドビューが、健全財政のように見えていたが、実際は、赤字続きで、それが、どうしようもなくなってしまったのではないか。うちから、二百億円の融資を受けても、建て直すことが出来なかったということだと、私なんかは、思いましたが」

「帳簿を見たんですか？」

　と、大木刑事が、きいた。

「それが、二重帳簿になっていたんですよ。うちから、二百億円の融資を受けるために、毎年、利益が出ているという、粉飾決算をしていたんですよ」

「なるほどね」

「あのシーサイドビューでさえ、バブルが、はじけたあと、赤字に転落していたのかと、がくぜんとしたものです」

「有村晴子という経理係の女が、いましたね。シーサイドビューが、倒産してからは、シーサイドホテルに移り、今、殺人容疑をかけられていますが」

「ええ。知っていますよ」

「彼女から、倒産の経緯を聞いたことがあるんですか？」

と、木村は、きいてみた。

「肝心の伊原副社長が、行方不明になっているので、彼女から、二重帳簿のことを、聞いてみました」

「そうしたら？」

「伊原副社長の命令で、やっていたと、いっていましたね。いけないことだとは、わかっていたが、伊原さんから、ホテルが、生き延びていくのには、こうするより仕方ないんだといわれて、二重帳簿を作るのに、協力したと、いっていましたね」

と、岡部は、いった。

「高梨社長は、知っていたんですかね？」

「もちろん、知っていたと思いますよ。全ての責任者なんだから。あのホテルは、先代から続くホテルですからね。高梨さんも、それを、自分の代で、潰してはいけないと思って、相当、無理して来たんじゃありませんかね。改造したり、豪華クルーザーを購入したりしたのも、大丈夫なのだと、世間に見せるための虚勢だったのではないかと、今になれば、思いますがね。うちの銀行も、それに、欺されたわけですが」

岡部は、暗い表情になって、いった。

「高梨夫婦は、今、何処にいると思いますか？」

と、木村は、きいた。

「私の勝手な、推測ですがね。高梨社長は、自尊心の強い人だから、奥さんと、すでに、心中してしまっているんじゃないか。そう思いますがね」

「伊原副社長の方は、どうですか？」

と、木村は、きいた。

「伊原さんも、高梨社長と、同じ年齢ですからね。責任感の強い人だから、無事でいるとは、思えないのですよ。シーサイドビューが、潰れても、のうのうと、他の会社で働ける人じゃありませんからね」

「今、二百億円の金は、どうなっているんですか？　完全に、焦げついているんですか？」

「クルーザーが、一億円で売れて、その分は、回収しました。あとは、シーサイドビューの建物が、何とか、売却できれば、少しは、回収できるんですがね」

と、岡部は、いった。

「売れる見込みは、あるんですか？」

大木刑事が、きいた。

「南紀白浜でも、いくつかのホテルが、倒産していますからね。簡単には、あの建物は、売れないと、思います。それに、何といっても、二百億円の抵当になっているんです。そんなに、安くは、売却できません。一番いいのは、シーサイドホテルが、買ってくれることなんですがね」

「豪華クルーザーを買ってくれたようにですか？」

と、岡部は、いった。

「そうです。シーサイドホテルにしても、隣に、廃墟になった建物があったのでは、商売上も、まずいでしょうからね。花田社長に、話はしているんですがね」

「それで、花田さんは、買う意志は、ありそうなんですか？」

と、木村は、きいた。

「脈は、あると、思っています。何といっても、花田さんは、高梨さんとは、遠い親戚ですからね。買い手としては、一番ふさわしい。そう思って、話を持ち込んでいるんです。あとは、値段の折り合いがつけばと思っています」

「なるほどね」

と、木村は、肯いた。

(ふさわしい買い手か？)

それは、花田が、高梨社長の遠縁に当ることや、花田が、シーサイドビューで、フロント係として勉強していたことを、いっているのだろう。

「しかし、シーサイドビューの倒産については、いろいろと、謎めいたことが、あるんですねえ」

と、木村は、いった。

ただ、倒産した時点では、死者は出ていなかったから、あくまでも、経済問題であり、警察が、介入することではなかった。

木村は、もちろん、シーサイドビューの倒産は知っていたが、それは、あくまでも、一般市民としての関心だった。

シーサイドホテルにやって来た二人の男女が殺され、同時に、東京で、高梨ゆう子が殺されて、初めて、シーサイドビューの倒産を、刑事の眼で、見つめるようになったのである。

そうした視点で、見ると、シーサイドビューの倒産自体が、不可思議に、見えてくるのだ。

「岡部さんは、シーサイドビューの倒産を、どう思われているんですか？」

と、木村は、支店長に、きいた。

岡部は、「そうですねえ」と、ちょっと、考えていたが、

「今もいったように、バブル崩壊という荒波が、健全に見えたシーサイドビューまで、呑み込んでしまったのかと、驚いているのです。大きな負債があるのを隠して、いかにも、利益があがっているように、粉飾決算をしておいて、二百億円の融資を、うちから引き出

したやり方には、正直いって、腹が立っていますが、それも、バブル崩壊のせいだと考えれば、高梨さんも、被害者の一人なのかと、考えてしまいますね」

優等生的な答え方だった。

「計画倒産だと、思いますか？」

と、大木刑事が、きいた。

岡部は、小さく、首を横に振った。

「計画倒産なら、高梨社長一家が、個人の資産を守っておいて、会社を潰してしまったということになりますが、そんな様子は、見えないんですよ。娘さんの高梨ゆう子さんは、東京で、ホステスまでやっていたと聞いていますし、高梨社長夫婦も、自殺したという噂が、もっぱらですからね」

「すると、T銀行が、融資した二百億円は、何処に消えたと、思われるんですか？」

と、木村は、きいた。

「わかりませんが、こんな風に、考える人が多いんですよ。高梨社長は、経営に行き詰って、危険なところから、融資を受けていたのではないか。そういう所は、名前は出しませんし、いざとなれば、自分の貸した資金は、さっさと、回収して、姿を消してしまいます。他の考え方もあります。高梨社長が、サギにかかって、大金を、失ってしまったのではないか。二百億円もの大きな金額を、欺し取られるようなサギにです。いずれにしろ、高梨社長か、伊原副社長が、出て来てくれれば、真相が、わかると思うのですが、まず、難しいんじゃありませんかねえ」

と、岡部支店長は、いう。

「それは、高梨社長も、伊原副社長も、もう、生きてはいないだろうと、思っておられるからですか？」

「まあ、そうです。二人とも、まじめな方ですからね。こうなった責任を、取られたのだと、私は、思っています」

「最近、倒産したシーサイドビューをめぐって、殺人事件が、連続して起きていますが、それについては、支店長さんは、どうお考えになりますか？」

と、木村は、きいてみた。

「正直にいって、困惑していますが、私どもには関係がないと、思っています。これは、警察の問題だと、思っていますから」

と、岡部は、いった。

5

木村は、岡部支店長に聞いたことを、ＦＡＸで、警視庁の十津川警部に、送った。

十津川から、電話が、入った。

「大変、興味を持って、ＦＡＸに、眼を通しました」

と、十津川は、いう。

「高梨夫婦と、伊原副社長ですが、いぜんとして、行方不明のままで、見つかっていませんし
「花田が、シーサイドホテルを建設するに当って、Ｔ銀行から、五十億円の融資を受けてたというのは、事実なんですか？」

と、十津川が、きいた。

「これは、Ｔ銀行の支店長から、聞いたので、間違いありません」

「しかし、熱海のホテルは、百億円でしか、売却できなかったんです。その上、負債があったので、実際に、花田の手に残ったのは、半分の五十億円ぐらいだろうと、いわれています。それを足しても、百億円でしょう。それで、あの軍艦みたいな大きなシーサイドホテルが、三年前に、建てられたんでしょうかね？」

十津川が、きく。

「しかし、現に、出来あがっているし、Ｔ銀行の話では、五十億の融資は、きちんと、計画通りに返済されているということです」

「土地は、どうしたんですか？」

「土地も、購入したものですが」

「それで、百億円で、足りたんですかね。しかも、この不景気に、きちんと、利益をあげているというのは、奇蹟みたいなものじゃありませんか」

と、十津川は、いうのだ。

「十津川さんは、何が、いいたいんですか？」

木村が、きいた。

「三年前、花田は、T銀行から、ホテルの建設資金として、五十億円を借りた。同じ時期に、シーサイドビューは、改造その他の資金として、二百億円の融資を、同じT銀行から受けた」

「そうです」

「花田は、T銀行とは、前に取引きがなかったのに、五十億円の融資が、受けられたのは、当然、高梨社長の親戚ということが、あったからじゃないんですか？」

「そりゃあ、そうです。花田の連帯保証人は、高梨社長が、なっていたそうですからね。だから、T銀行としては、花田に、五十億円を貸したというより、高梨社長のシーサイドビューに、合計、二百五十億円を融資したという気持だったと思いますね」

「それですよ」

「どういうことです？」

と、木村は、きいた。

「逆に、考えればいいんじゃないですかね。花田から見ると、自分のために、合計二百五十億円を、T銀行から、融資を受けたと同じことではなかったんだろうか？　そう考えるんですがね」

十津川が、いう。

「その金で、三年前、シーサイドホテルを建設したというわけですか？」

「そう考えると、いろいろな謎が、解けてくるんじゃありませんか。私の勘では、シーサイドビューは、負債なんかゼロで、文字通り、健全経営だったのではないかと、思うのです」

「改造、その他で、二百億円の融資を受けたのは、シーサイドビューにとって、必要のないものを、借りたということですか？」

「そうだと思います。その金で、シーサイドホテルが、建てられたのですよ」

「しかし、高梨社長や、伊原副社長がいるから、そんな不正は、出来ない筈ですがね」

と、木村は、いった。

「しかし、高梨社長は、その頃、病身で、実際の仕事は、伊原副社長が、やっていたわけでしょう？」

「そうですが、伊原さんは、高梨社長の信任の厚い人ですからね。社長を裏切るとは、思えませんがね」

　と、木村は、いった。

「人間というのは、わからないものですよ」

「それは、そうですが——」

「伊原副社長と、高梨社長は、同じ年齢でしょう。片方は、ずっと、副社長の地位に甘んじてきた。もし、高額の金で、誘われたら、社長を裏切ることも、するんじゃありませんかね。実際の権限を持っている伊原と、経理係の有村晴子が組めば、どんなことでも、出来たんじゃないのかな」

　と、十津川は、いう。

「しかし、シーサイドビューの改造も、一応、やられたし、事業用の大型クルーザーも、購入しているんです」

「それは、ジェスチュアですよ。二百億円も借りて、何もやらなければ、その時点で、おかしいと、思われてしまう。だから、八億円で、改造もし、大型クルーザーも、購入した。そうなれば、T銀行も、不審に、思いませんからね。そうしておいて、合計、三百億円で、シーサイドホテルは、着々と、完成していったんだと思いますよ。そして、シーサイドホテルが、オープンすると、すぐ、シーサイドビューは、二百億円の焦げつきを作って、倒産した。出来すぎた話だと思いませんか？」

と、十津川は、いう。

「犯人は、花田ですか？」

「それに、伊原副社長と、経理係の有村晴子が協力した。他にも、協力したものが、いるかも知れません」

「そうなると、高梨夫婦も、失踪ではなくて、殺された可能性が、出て来ますね」

と、木村は、いった。

「それに、伊原副社長もです。そういうダーティな仕事は、S組が、頼まれて、やったんじゃありませんか？」

第五章　追　跡

調べなければならないことが、いくらでもあった。

南紀白浜のシーサイドホテルと、シーサイドビューのことは、和歌山県警の木村警部に委せることにして、十津川が、差し当って、しなければならないことは、新宿のホテルで殺された高梨ゆう子の捜査と、S組の幹部、渡辺志郎のことだった。

十津川は、まず、捜査四課の中村警部に、協力して貰って、S組と、今回の事件との関係を、調べて貰うことから始めた。

1

中村とは、同期である。

喫茶ルームで、コーヒーを飲みながら、話を聞いた。

「今のところ、わかっていることだけを話す」

と、中村は、断ってから、

「S組は、新宿を本拠地としているが、一時、熱海に、進出したことがある。温泉地は、金になるからね。熱海では、N組と、抗争になった。その頃、S組が、よく出入りしていたのが、『ホテル・はなだ』なんだ」

「その時、今、白浜で、シーサイドホテルをやっている花田と、関係が出来たということなのかね」

「そうだと思うね」

「S組の渡辺志郎との個人的な関係は？」

「花田とのか？」

「そうだ」

「S組が、熱海進出を図ったとき、その責任者として、乗り込んだのが、幹部の渡辺志郎だった」

と、中村は、いった。

「なるほどね。それで、結局、S組は、どうしたんだ？」

「N組と、手を打って、熱海から引き揚げたが、うまい汁は、十分に吸いあげたと見られている」

「渡辺志郎と、花田との個人的なつながりも、ずっと、続いてきたということかな？」

「だろうね。お互いに、利用し合ってきたということは、十分に、考えられるよ。金と、力とは、よく、結びつくからね」

「渡辺志郎は、S組の幹部で、インテリだったらしいね」

「頭は、切れたよ。冷静で、計算の出来る男だ」

と、中村は、いった。

「女にもてる方かな?」

「ああいう男に惚れる女は、多いよ。特に、自分のことを、インテリだと思っている女性が、惚れるらしい」

「才色兼備の女がか」

十津川は、ふと、高梨ゆう子のことを考えた。

考えにくいが、ひょっとすると、二人の間に、何か、関係があったのかも知れない。

十津川は、彼女の写真を、中村に見せた。

「名前は、高梨ゆう子。新宿のホテルで、殺された。彼女と、渡辺志郎と関係があったかどうかを知りたい。こちらは、彼女の線から、追ってみるが、君は、S組の方から、調べてみてくれないか」

「高梨ゆう子というと、倒産したシーサイドビューの一人娘だろう?」

「そうだ。東京に出て、クラブで働いていた」

「もし、渡辺と関係が出来たとすると、その時かも知れないな」

と、中村は、いった。

中村と別れると、十津川は、三田村と、北条早苗の二人に、高梨ゆう子が、働いていたクラブに行くように、指示した。

「特に、その店に、S組の渡辺志郎が、来ていなかったかどうか、聞くんだ。もし、来ていたら、渡辺と、高梨ゆう子との関係を、調べてくれ」

と、十津川は、いった。

彼自身は、亀井と二人、高梨ゆう子が、東京で住んでいたマンションを、もう一度、見に出かけた。

狭い部屋である。彼女が殺されてから、この部屋は、事件解決まで、封印されることになっていた。

「なぜ、高梨ゆう子は、新宿のホテルに、泊っていたんですかね？」

と、亀井が、きく。

「若い女の見栄かな。それとも、他の理由が、あってのことか」

「見栄ですか？」

「特に、好きな男と、会って、一夜を共にするとき、この狭い部屋より、都心のホテルにしたくなる。そんな気分だったんじゃないかね」

と、十津川は、いった。

「好きな男ですか。そいつが、犯人ですかね？」

「かも知れないな」

「それが、S組の渡辺志郎かも知れないと、お考えですか？」

「考えている」

と、十津川は、いった。

二人は、部屋の隅から隅まで、調べてみた。

三面鏡の引き出しを抜き出して、その底まで調べた。

十津川自身、何を探し出そうという、はっきりした目当てがあるわけではなかった。

高梨ゆう子が、今回の事件に、どう関係しているのか、それを知りたかった。その手がかりになるものを、見つけたかったのだ。

洋ダンスの引き出しを、抜き出すと、その奥に、小さなアドレスブックが、ガムテープで貼りつけてあるのを、見つけた。

十津川は、手を入れ、テープを引き剝して、小さなアドレスブックを、抜き出した。

七人の名前が、そこには、書かれていた。

高梨ゆう子
上田貢一郎
竹下可奈子
井上　弘
剣持美佐子
原田　修

原田　京子

一人目から、三人目までは、すでに、死亡している。

それに、上田貢一郎と、竹下可奈子は、偽名だった筈である。

七人の名前の下には、電話番号が、入っていたが、全て、携帯電話の番号だった。

「三人とも、その携帯が、見つかっていないんだ」

と、十津川は、いった。

「白浜で殺された上田と竹下可奈子も、携帯を、持っていた筈なのに、失くなっていましたね。犯人が、持ち去ったんです」

「他の四人に、かけてみよう」

と、十津川は、いい、自分の携帯電話を取り出した。

井上弘から、かけてみる。

だが、かからない。相手が、切ってしまっているのだ。

剣持美佐子、原田修、原田京子と、十津川は、かけてみたが、全て、同じだった。相手が、スイッチを入れていないのだ。

「用心しているんだと思いますね。三人が、殺されてしまったんですから、当然でしょうが」

と、亀井が、いった。

「かも知れないな。この連中は、何なんだろう?」

「青岸渡寺の件で、手紙を寄越した奴は、倒産したシーサイドビューを、愛する者たちだといっていたんでしょう。そういう連中じゃありませんか」

「それで、シーサイドビューの一人娘の高梨ゆう子を、担いでいたということか」

「ただ単に、懐しむといったグループでしたら、殺人事件に巻き込まれたりは、しないと思います」

「われわれも、シーサイドビューの倒産の裏に、何かあったと、思っている。この七人は、それを、明らかにしようと、考えていたんじゃないのかね? 上田貢一郎と、竹下可奈子は、その真相を調べるために、南紀白浜に出かけたんだと思う。だから、殺されたと、考えるのが、いいところだろうね」

と、十津川は、いった。

「あと、四人いるんですか」

「青岸渡寺で、高梨ゆう子の真の葬儀をやるという投書は、この四人の書いたものだと思うね。S組の渡辺志郎を殺したのもだよ」

と、十津川は、いった。

「この連中が、どういう人間たちなのか、倒産したシーサイドビューと、どういう関係なのか、知りたいと、思いますね」

「上田貢一郎と、竹下可奈子の二人が、偽名だとすると、残りの四人も、偽名ということが、考えられるな」

「そうですね。高梨ゆう子以外は、偽名だと私も思います」

「本名や、住所が、わかってしまうと、危険だからかな」

「上田貢一郎と、竹下可奈子の二人、いや、高梨ゆう子を含めると、三人が、殺されていますからね。自分たちが危険な立場にいることを、知っているんだと思います。だから、偽名を使っているんじゃありませんか」

「この携帯電話の番号から、本名と、住所を、割り出せないかね？」

「電話会社に協力して貰って、やってみましょう」

と、亀井は、いった。

だが、これが、簡単ではなかった。

携帯電話の持主が、どんどん変ってしまうからである。

問題の四人が、誰の名前になっている携帯を、使っているか、わからないのだ。

それに、四人の携帯電話は、いずれも、すでに廃棄処分が、されているのが、わかった。そうなると、電話会社の台帳から、抹消されてしまっていて、前の持主の名前も、わからないと、いわれてしまった。

ただ、殺された上田貢一郎と、竹下可奈子の携帯電話は、さすがに、まだ、抹消されていなかったので、持主の名前と、住所が、わかった。

上田貢一郎→上岡健太郎
竹下可奈子→竹田美奈子

これが、携帯電話の持主の本当の名前だった。
住所も、記入されている。
警視庁捜査一課から、上岡家と竹田家にすぐさま訃報が知らされた。
十津川と、亀井は、まず、上岡健太郎の住所である三鷹市内を、訪ねてみた。
JR三鷹駅から、歩いて、十二、三分のところにある二階建の洒落た家だった。
上岡という表札を確認してから、亀井が、インターホーンを鳴らした。
六十歳くらいの和服姿の女が、顔を出した。
十津川が、警察手帳を示すと、彼女は、二人の刑事を、奥へ招じ入れた。
静かなので、十津川は、
「おひとりですか？」
「子供たちは、みんな独立しておりますから」

と、彼女は、いった。

「ご主人は、上岡健太郎さんですね？」

「はい」

「亡くなったのは、ご存知ですね？」

「ええ。警察から、連絡がありました」

「ご主人は、なぜ、上田貢一郎という偽名を使っていたんでしょうか？」

「きっと、私や、子供たちに、迷惑をかけまいとしたんだと思いますわ」

「シーサイドビューというホテルを、ご存知ですね？」

「ええ」

「そこの社長の高梨さんも？」

「高梨さんは、主人が、よく知っていました。ゴルフ仲間でしたし、何人か、仲間がいて、あのホテルでは、VIP待遇して貰えるんだと、喜んでいましたわ」

「VIP待遇ですか」

「ええ」

「それでは、あのホテルが、倒産した時は、驚かれたんじゃありませんか？」

「何かの間違いだといっていましたわ。きっと、何かの罠にはめられたんだ。だから、真相を、明らかにしてやるといって。主人は、建築設計の仕事をしていたんですけど、その仕事をやめて、何か、調べていたんです」

「シーサイドビューを愛する者たちの会というのをご存知ですか？　ご主人も、その会に入っていたと、思われるのですが」

「シーサイドビューを愛する者たち？」

と、彼女は、呟いていたが、

「確か、一度、そんな差出人の手紙が届いたことがありましたわ。主人宛でした。もちろん、まだ主人が、存命の時でしたけど」

「竹田美奈子という女性をご存知ですか？」

と、亀井が、きいた。

「お会いしたことは、ございませんけど、昨日も電話が、ございました」

「どんな電話ですか？」

「竹田美奈子という女性を、知らないかという電話ですわ。男の人の声で。知らないと申し上げましたが、信じないご様子でした」

「なるほど」

と、十津川は、肯いた。

上田貢一郎こと、上岡健太郎と、竹下可奈子こと竹田美奈子を殺した犯人は、二人の携帯電話を、奪っている。

とすれば、十津川たちと同じように、その番号から、本名と、住所を調べあげた筈である。それで、電話して来たのだろう。

「他に、何か、妙なことは、ありませんか？」

と、十津川は、きいた。

「監視されているような気がします」

「監視されている？」

「ええ。近くに、買物に出ると、時々、尾《つ》けられているような気がするんです。それから、家の前に、ワゴン車が、ずっと、停っていたり――」

「あなたが、誰と、会うか、調べているのかも知れません」

「どうして、そんなことを？」

「ご主人の仲間のことを、知りたいんですよ」

と、十津川は、いった。

二人は、礼をいって、外へ出た。

パトカーで、今度は、竹田美奈子の住所に向った。

成城のマンションの７０２号になっていた。

2

「戦いが、まだ、続いているということですね」

パトカーを走らせながら、亀井が、いう。

「そうだな。シーサイドビューを潰した花田たちからすると、殺した上岡健太郎と、竹田美奈子の二人以外に、何人の仲間がいるのか、それを、何としても、知りたいだろうからね」

「上岡家を監視しているのは、S組の連中ですかね？」

「かも知れないし、雇われた私立探偵かも知れないな」

十津川は、西本に電話をかけて、三鷹市の上岡家を、見張れと、命じた。

「上岡家を、誰かが、監視している。そいつを、捕えるんだ」

と、十津川は、いった。

成城で、ヴィラ・成城を探す。真新しいマンションだった。

車庫もあり、セキュリティも、完全な、豪華マンションである。

十津川が、一階玄関で、７０２の番号を押すと、

「どなたでしょうか？」

と、若い女の声が、聞こえた。

「警視庁捜査一課の十津川といいます。お疑いでしたら、警視庁へ電話して、確認して下さい」

十津川が、いうと、玄関の扉が、開いた。

ロビーを抜け、エレベーターで、七階にあがる。

702号室の前では、二人が、警察手帳を見せた。

それで、やっと、中へ通された。

3LDKの、ゆったりした部屋である。ベランダに面した、二十畳くらいの広い居間に通され、椅子に腰をおろした。

相手は、三十歳前後の女だった。死んだ、竹田美奈子に、顔が似ているところを見ると、妹だろうか。

「みどりです」

と、彼女が、いった。

「美奈子さんの妹さんですか？」

「ええ」

「美奈子さんが、亡くなったご報告は、届いていますね？」

「はい」

「美奈子さんの、ご主人は?」

と、きくと、みどりは、

「病死しました」

「そうですか。美奈子さんと、白浜のシーサイドビューの関係を知りたいんですが」

「姉は、旅行好きで、田中みなのペンネームで、旅行記を書いて、雑誌にのせていました」

「田中みなという名前なら、聞いたことがあります」

「姉が、一番、気に入っていたのが、南紀白浜のシーサイドビューで、年に、何回も泊りに行き、そこで、原稿を書いていたんです」

「それで、社長の高梨さんとも親しくなった?」

「ええ。年賀状や暑中見舞の手紙が、来ていましたわ」

「VIP待遇も受けていたんじゃありませんか?」

「ええ。それを、自慢していました」

「それでは、シーサイドビューが、突然、倒産したときは、びっくりしたんじゃありませんか?」

と、十津川は、きいた。

「ええ。姉は、それは、何かの間違いだと、いっていました」

と、みどりは、いう。

「真相を調べるとは、いっていませんでしたか？」

「ええ。それも、いっていました。姉は、一本気ですから」

「妙な電話が、かかって来たりしませんか？」

と、亀井が、きいた。

みどりは、笑って、

「写真を撮られました」

と、いう。

「写真ですか？」

「ええ。一昨日《おととい》、外出しようとしたら、いきなり、前にとまっていた車の中から、写真を、撮られました」

「どんな車です？」

「白い国産のワゴンでしたわ。どういうことなんでしょう？　私は、タレントでも何でもないのに」

（同じ車かも知れないな）

と、十津川は、思った。三鷹の上岡家を監視していたという車も、ワゴンだった。

「お姉さんが、大事にしていた手紙とか、写真があれば、見せて頂きたいんですが」

と、十津川は、いった。

「姉のものを、整理していたんです。それを、見て下さい」

と、みどりは、いい、大きなダンボール箱を奥から持ってきた。

美奈子が、田中みなのペンネームで書いた原稿や、アルバム、手紙の束、愛用の万年筆、辞書などが、入っていた。

十津川と、亀井は、まず、アルバムを、広げてみた。

風景の写真が多いのは、旅行作家だったからだろう。

その中から、十津川は、ホテルの前で、撮られている九人の写真に、注目した。

多分、シーサイドビューだろう。

中央に、中年の男女と、二十歳くらいの女が腰をおろし、その背後《うしろ》に、六人の男女が、並んでいる。

記念写真のように、見える。

前の三人は、シーサイドビューの高梨社長夫婦と一人娘のゆう子だった。まだ、シーサイドビューが、盛況だった頃だろう。

背後の六人の中に、上岡健太郎と、竹田美奈子の顔もあった。何歳か、若い顔である。

と、なると、残りの四人が、あのアドレスブックにあった四人だろうか？

写真を外して、裏を見ると、

〈VIPメンバーと高梨社長一家との記念写真〉

と、書いてあった。竹田美奈子の筆跡だった。

手紙の束の方は、これといったものは、見つからなかった。

同じVIPからの手紙でもあればと思ったのだが、上岡健太郎からの手紙も、なかった。

「これからは、ここにお住みですか？」

と、十津川は、みどりに、きいた。

「ええ。誰もいないと、部屋が、汚れるので、しばらく、ここに、住んでみようと、思っています」

と、みどりが、答える。

「誰か、お友だちは、いませんか？」

「どうしてですか？」

「一昨日、いきなり、写真を、撮られたと、いったでしょう？」

「ええ」

「或いは、あなたが、危険な目にあうかも知れません」

「われわれも、刑事に、ガードさせますが、誰か、頼りになるお友だちがいたら、一緒にいて下さるといいんだが」

と、十津川は、いった。

「それなら、親友がいますから、今夜から、一緒に、いて貰いますわ」

「そうして下さい」

と、十津川は、いった。

捜査本部に戻ると、十津川は、借りて来た写真を、何枚か、コピーするように、いった。

その一枚を、黒板に、鋲《びょう》で止め、残りを、刑事たちに、配った。

「この写真に写っている九人の中の残りの四人が今も、シーサイドビュー倒産の真相を知ろうとし、倒産させた犯人に、復讐しようとしていると、思っている」

と、十津川は、刑事たちに、いった。

「それは、つまり、花田とか、伊原副社長とか、有村晴子たちと、いうことですか?」

亀井が、きいた。

「それに、S組の渡辺志郎がいるだろう」

「それで、まず、渡辺志郎を、青岸渡寺で、殺したわけですか?」

「どうしてですか?」

「そうだ。彼等は、あの寺に、花田を、呼び出そうとしたんだと思う。ところが、花田は、身の危険を感じて、S組の渡辺に、相談した。渡辺は、おれが、行って来ると、引き受けたんだろうが、相手は、四人だ。逆に、殺されてしまったんだろうと、思う」

と、十津川は、いった。

高梨ゆう子のことを、調べていた三田村と、北条早苗の二人が、十津川に、報告した。

「彼女が、働いていたクラブに行き、ママや、ホステスから、話を聞きました。どうやら、ここは、S組の影響力がある店のようで、渡辺以外にも、何人か、S組の人間が、顔を出していると思われます。高梨ゆう子は、急速に、渡辺志郎と、親しくなっていったそうです」

「彼女は、そこでは、本名は、使っていなかったんだろう？」

「もちろん、使っていません」

「とすると、渡辺は、高梨社長の娘とは、知らずに、親しくなったんじゃないのか？」

と、十津川は、きいた。

「そう思います。店のママや、同僚のホステスは彼女の素性は、知っていますが」

と、三田村が、いった。

「高梨ゆう子は、どういう気で、渡辺志郎に近づいたのかね？　シーサイドビューを倒産させた犯人の一人と知って、近づいたのかね？」

「私は、そう思います」

と、早苗が、いった。

「理由は？」

と、亀井が、厳しい顔で、きいた。

「彼女は、他の人間には、興味を示さなかったし、渡辺志郎より、はるかに、魅力のある男も何人かいましたが、最初から、渡辺と、親しくなろうと、していたというのです。それに、同僚のホステスの話では、彼女の態度は、わざとらしかったともいいます。と、いうことは、下心があって、近づいたに違いありませんわ」

と、早苗は、いった。

「つまり、渡辺に近づいて、シーサイドビュー倒産の真相を知ろうとしたということかね？」

「そう思います」

「それが、失敗して、逆に、殺されてしまったということか？」

「そうだと思います。彼女は、賭けたんだと思います。新宿のホテルに泊り、渡辺を呼ぶ。寝てもいいから、彼から、真相を聞き出したいと、思ったんじゃないでしょうか。ところが、渡辺の方が、一枚上手《うわて》で、殺されてしまったということだと思います」

「途中で、渡辺が、彼女の素性を知り、目的にも気付いたということだろうね」

と、十津川は、いった。

「その頃、上岡健太郎が、南紀白浜に行っています。このことを、どう思われますか？偶然の一致と思いますか？」

亀井が、きいた。

「いや、偶然とは、思わないね。二人は、しめし合せて、動いたんだ。高梨ゆう子は、東京で、渡辺志郎に会い、色仕掛けで、シーサイドビュー倒産の真相を聞き出す。上岡の方は、白浜に行き、有村晴子を、脅して、同じく、真相を聞き出す。その状況を、二人は、携帯電話で、知らせ合うつもりだったんじゃないかね。ところが、両方とも、失敗してしまったんだ」

「高梨ゆう子は、ホテルで殺され、上岡の方は、事故死に見せかけて、殺されてしまったんですね」

「相手の方が、一枚、上手だったということだよ」

3

捜査四課の中村も、調べた結果を、十津川に教えてくれた。

「S組と、花田との関係は、今も、続いているが、それは、主として、渡辺志郎を、通してのものだったようだ。その渡辺が、南紀の青岸渡寺で殺されてしまい、警察が、彼の身辺を、調べ始めたので、S組では、花田との関係を、切ろうとしているようだ。妙な、とばっちりを受けては困るということらしい」

「S組では、渡辺が、南紀に行ったことや、青岸渡寺で、殺されたことについては、どう話しているのか？」

と、十津川は、きいた。

「南紀には、勝手に行ったことで、組とは、何の関係もない。また、青岸渡寺で、殺されたことも、わけがわからないと、いっているよ。とにかく、組には、無関係だと、主張している」

「犯人探しをやろうとする様子はあるのか？」

と、十津川は、きいた。

「そんなことをしたら、警察にマークされると、いうことで、犯人探しは、やらないと、決めたようだ」

と、中村は、いった。

十津川は、ほっとした。これで、S組から、例の四人の男女が、狙われる危険は、ないだろう。

狙うとしたら、花田と、彼に協力している人間だということになる。

上岡家を見張っていた西本と、日下の二人が、ワゴンに乗って、上岡家の周辺を、うろうろしていた男を捜査本部に、連行してきた。

四十歳前後の痩せた男で、持っていた運転免許証と、名刺から、名前と、職業が、わかった。

〈私立探偵　有田啓介〉

「上岡健太郎の奥さんと、竹田美奈子の妹さんの二人を、監視したり、写真を撮ったりしていたね」

と、十津川は、有田を睨んで、

「誰に頼まれて、そんなことを、やってるんだ？」

「私には、守秘義務がある。依頼主の名前は明かせない」

と、有田は、いった。

「守秘義務ねえ」

と、亀井は、馬鹿にしたように、笑って、

「日本では、私立探偵の免許なんかないんだ。いわば、もぐりの仕事だろう。そんな奴が、守秘義務なんて、笑わせるんじゃない」

「私は、この道のプロだ。当然、守秘義務がある」

と、有田は、負けずに、いう。

「上岡健太郎と、竹田美奈子の二人が、南紀白浜で、殺されたことは、知っているね」

十津川が、いった。

有田は、黙っている。

十津川は、言葉を続けて、

「だから、これは、殺人事件の捜査なんだ。君の行動は、捜査活動を、邪魔していることになる。いや、それだけじゃない。君に、仕事を頼んだのは、上岡と、竹田美奈子を殺した犯人だと、われわれは、睨んでいる。つまり、君は、殺人犯のために、動いているんだ。いってみれば、殺人の共犯なんだよ。それでも、守秘義務を、いうのかね?」

「――」

「君に、仕事を頼んだ人間も、われわれは、見当がついているんだよ。シーサイドホテルの花田社長なんだろう?」

十津川が、いうと、有田は、ほっとした表情になって、

「なんだ。知ってるんですか?」

「上岡家と、竹田美奈子のマンションを、監視して、いったい、何を、調べていたんだ?」

と、十津川は、きいた。

「どんな人間が、出入りするか、それを調べてくれと、頼まれたんです。出来れば、写真を撮って、素性も、探れといわれましたよ」

と、有田は、いった。

「なるほどね。そんなところか」

「どうしたらいいいんですかね？」

「何が？」

「今回の調査依頼については、すでに、前金を貰ってしまっているんです。警察にいわれたんで、調査を中止したともいいにくいし――」

「仕事は、そのまま続けていいよ」

「依頼主への報告もしても、いいんですか？」

「報告は、控を取るんだろう？」

「まあ、そうですが――」

「じゃあ、向うに、報告書を送る時、われわれに、見せて貰いたい。条件は、それだけだ」

「しかし――」

「その条件が、受け入れられないのなら、今、君を逮捕しなきゃならん」

「逮捕理由は、何ですか？」

「殺人の共犯だ」

「わかりましたよ。報告書は必ず、こちらに、見せますよ」

有田は、首をすくめるようにして、いった。

「万一、向うへの報告と、一言でも違っていたら、殺人犯に協力したということで、即刻、逮捕するぞ」

と、亀井が脅した。

有田を、解放したあとで、亀井が、

「やっぱり、花田が、雇っていたんですね」

「金で解決できることは、全て、金で、何とかしようとするつもりだろう」

と、十津川は、いった。

「シーサイドビューを倒産させるのに、副社長と、経理係の有村晴子を、金で買収したんですかね？」

「そう思うが、今のところ、証拠はない。とにかく、高梨夫妻を含めて、生死も、はっきりしていないんだ」

十津川は、腹を立てていた。

「県警は、何処まで、調べてくれますかね？」

と、亀井が、いう。

その、和歌山県警から、翌日になって、電話が、入った。

木村警部からである。いきなり、

「今日、高梨夫妻の死体が、三段壁の沖合いで、漁船によって、発見されたんです」

「三段壁というと、白浜の名所の――？」

「そうです」

「自殺の名所ともいわれているようですが」

「そういわれたこともあります。二人は、そこから、飛び込んだのではないかとも考えられます。二人は、お互いの身体を、ロープで、縛っているので覚悟の心中ということもあり得ます。これは、司法解剖に回しますが」

と、木村は、いう。

「かなり、日数が、たっているんですか？」

「腐敗の状況から見て、六ヶ月以上、経過していると、思われますが、正確なことは、司法解剖の結果を見たいと思っています」

「半年以上というと、シーサイドビューが、倒産した頃ですね」

「それに、悲観して、心中したということも、考えられます」

と、木村は、いう。

「しかし、あの倒産は、仕組まれたものだということが、考えられるようになって来たと、思いますが」

十津川は、東京で、調べたことを簡単に説明した。

「現に、花田に頼まれた私立探偵が、動き回っているし、高梨ゆう子は、花田と親しかったS組の渡辺志郎に、殺された可能性が、強くなって来たんです」

「よくわかります」

と、木村は、いったが、

「それには、何といっても、シーサイドビューの副社長だった伊原と、経理係だった有村晴子の証言が、必要です」

「二人は、見つかりそうもありませんか？」

「今のところ、全く、足取りがつかめないのです。伊原副社長についていえば、海外に逃亡したという噂もあるし、すでに、死んでいるという噂もあります」

「有村晴子の方は、どうです？　ひょっとして、花田に、消されてしまっているんじゃありませんか？」

と、十津川は、きいた。

「かも知れませんが、私は、まだ、死んでいないと、見ています」

「何か、そう思う理由があるんですか？」

「彼女が、シーサイドビューの倒産劇に、一枚かんでいるとします。つまり、真相を知っているということになります」

「そうですね」

「多額の金を貰ったことが、想像されます」

「殺された竹下可奈子こと、竹田美奈子は、その額を、一千万と、見ていたようですが――」

「一千万としましょう。シーサイドビューが、倒産した時、なぜ、彼女は、その金を持って逃げなかったのだろうか？　また、どうして、シーサイドホテルの経理係になったのだろうか？　これは、逆にいえば、なぜ、花田が、そんな危険な人間を、自分のホテルの経理の責任者にしたのだろうかという疑問が、出て来ます」

「論功行賞か、さもなければ、危険な人間だから、自分の傍に置いて、監視しようと考えていたんじゃないかと、私は、思いますがね」

と、十津川は、いった。

「あり得ますが、私は、別の考えを、持っているんですよ」

「聞かせて下さい」

「彼女の銀行口座を調べました。五百万が、二度にわたって、入金されています。これは、シーサイドビュー倒産計画の前金と、成功したあとの報酬と、考えられますが、現金で、本人自身が、預け入れているので、何処から出た金かは、わかりません。問題は、そのあとですが、毎月二百万ずつ、入金しているのです」

「シーサイドホテルの月給としたら、多過ぎますね」

「しかし、彼女は、他に、何の仕事もやっていません。これは、シーサイドホテルで、聞くと、月給として、毎月、三十万円払っているというのです。間違いなく、毎月、彼女の銀行口座に、振り込まれているのですが、その他に、毎月、二百万円を、何処からか、彼女は、貰っていたことになります」

「やはり、シーサイドホテルからでしょう？」

「と、いうより、私は、花田個人から貰っているんだと思います。毎月、現金でです。花田は、否定していますが、私は、間違いないと思います」

と、木村は、いう。

「と、すると、彼女の方から、売り込んで、シーサイドホテルの経理係に、納ったということになって来ますね」

十津川が、いう。

「そうなんです。花田には、弱味があるので拒否できない」

「なるほど」

「ただ、それだけなら、事故死に見せかけて、彼女は、とっくに、殺されてしまっていただろうと、思います。しかし、殺されなかった」

「保険をかけていた？」

「そうなんです。自分が死んだら、真相を書いた手紙が、警察に届くようになっている。友人に預けてある。そんな保険だと思います」

「あり得ますね」

「警察には、まだ、それらしい手紙は、届いていません。だから、私は、彼女が、生きていると、考えているのです。竹下可奈子を殺した彼女を、花田が、何処かに、かくまっているんだと思います。つまり、われわれにも、彼女を見つけ出す希望があるわけです」

と、木村は、いった。

4

高梨夫妻が、死体で、発見されたという知らせは、東京の捜査本部にも、衝撃を与えた。

まだ、殺人とも、心中ともわからないのだが、マスコミは、一斉に、心中と、報じた。

〈シーサイドビューの元社長夫妻、倒産を悲観して、心中していた！〉

〈高梨社長の栄光と悲惨。一人娘も、殺されていて、これで、一家全滅か〉

そんな見出しが、新聞に、躍った。

シーサイドホテル社長の花田の談話というのも、のっていた。

〈高梨社長夫妻が、水死体で見つかったという知らせを受けて、深い悲しみを感じます。思えば、高梨社長は、私の遠い親戚に当り、ホテル経営の先輩として尊敬し、いろいろと、そのノウハウを教えて貰いました。シーサイドビューが、突然、倒産したとき、私は、微力ながら、援助したいので、何でも、いって下さいと、申し上げたのだが、人の助けを借りることを、いさぎよしとしない、昔気質の高梨さんは、自殺という道を選ばれてしまった。今は、ただ、ご冥福を祈るばかりです〉

「よくいうよ」

と、亀井が、読み終って苦笑した。

高梨夫妻の司法解剖の結果を、木村警部が知らせてきたが、

「何もわかりませんでした」

「腐敗が、ひどすぎてですか？」

「そうです。正確な死亡時期もわかりません。溺死ということですが、自分から、海に飛び込んだか、突き落とされたかも、わからないのです」

と、木村は、いう。

「これで、心中説が、力を得ますね」

と、十津川は、いった。

「それで、三日後に、花田社長が、葬儀委員長になって、盛大な葬儀が、行われることに決りました」

「花田社長が、委員長ですか」

「高梨夫婦の一人娘のゆう子さんも、死んでいますから、花田が、委員長になっても、誰も、文句は、いわないでしょう」

「私も、行きます」

と、十津川は、いった。

十津川は、亀井と二人、南紀白浜に向った。

白浜の泉水寺という寺で、午後二時から、行われると、いう。

二人は、午前八時三十五分羽田発のＪＡＳ３８１便に、乗った。

南紀白浜空港までは一時間十分の空の旅になる。

「花田が、委員長になって、高梨夫婦の葬儀をやるのは、罪滅しのつもりですかね？」

亀井は、水平飛行に移ってから、十津川に、話しかけた。

十津川は、笑って、

「そんな殊勝な男とは、思えないね。もし、高梨夫妻が、殺されたのなら、犯人は、花田なんだから」

「では、何か、目的があってのことでしょうか？」

「そうだろう。その目的が、何なのか、わからないがね」

と、十津川は、いった。

午前九時四十五分に、南紀白浜空港に着く。

時間があるので、二人は、レンタカーを借り、シーサイドホテルの周辺を、回ってみた。

ホテルの入口には、「高梨夫妻の葬儀のため、申しわけありませんが、休業させて頂きます」という貼り紙が、してあった。

十津川は、眉を寄せて、

「少し、大げさすぎやしないか」

と、亀井に、いった。

「そういえば、全国紙にも、今日の葬儀の広告が、出ていましたね。五大紙に、全部、のせているんです」

「普通なら、ひっそりと、やるものじゃないのか。何しろ、高梨夫妻は、シーサイドビューが、倒産したことを苦にして、心中したことに、表向きはなっているんだから」

「そうですね」

と、亀井は、ホテルに眼をやって、

「従業員も、今日の葬儀に、かり出されているようですね。ひっそりとしていますから」

「何か、企んでいるんだ」

と、十津川は、いった。

南紀白浜の町の中にも、いたるところに、葬儀の知らせが、貼ってあった。

〈高梨夫妻の葬儀は、泉水寺で、午後二時から、行われます〉

ご丁寧に、泉水寺の場所を記した地図も、のっていた。

「まるで、白浜の町の全員に、来て貰いたいみたいですね」

亀井は、車を止めて、いった。

「自分が、いかに、高梨夫妻を、愛し、尊敬していたかを、日本中の人たちに、示したいのかな」

「シーサイドビューの倒産について、花田は、疑われかけていますからね。その噂を、払拭しようと、必死なのかも知れません」

「それは、あるかも知れないな」

と、十津川も、肯いた。が、それだけではないだろうという気もしていた。

ＪＲ白浜駅前のレストランで、二人は、昼食をすませてから、葬儀の行われる泉水寺に向った。

大きな寺だった。

寺の傍まで行くと、県警の木村警部が、迎えた。

「坊さんを、十人も呼んで、盛大にやるみたいですよ」

と、木村は、いった。

「さっき、祭壇を見て来たんですが、和歌山県知事から、政財界のお偉方の名前が、ずらりと並んでいます」

「なるほど」

「ここのテレビ局が、放送しますが、これは、花田が、手を回したんだと思います」

と、木村は、いう。

なるほど、テレビ局の中継車が、来ていた。

午後二時に近くなると、参列者が、集ってきた。

寺の門の前には、人々を案内する数人の男女が、黒い喪章をつけて、並んだ。

「おかしいな」

　と、木村が、呟く。

「何がですか？」

「あの案内係の男女ですよ」

「シーサイドホテルの従業員じゃないんですか？」

「そうなんです。しかし、あそこには、シーサイドビューが、倒産したあと、そこの従業員も、受け入れているんですが、なぜか、元、シーサイドビューの従業員ばかりですよ。門のところにいるのは」

　と、木村は、いう。

（そういうことだったのか）

　と、十津川は、思った。

「この葬儀を、花田が、委員長になってやる理由が、わかりましたよ」

　十津川は、木村に向って、いった。

「自分の宣伝のためじゃないんですか？」

「それもあるでしょうが、花田は、例の『シーサイドビューを愛する者たち』が、怖いんですよ。私の調べたところでは、あと、四人残っており、いずれも、シーサイドビューの常連だった、人たちです。その人たちを、花田は、この葬儀に、呼び寄せようとしたんだと思います。だから、やたらに、広告した」

「来ますかね？」

と、木村が、きく。

「わかりませんが、シーサイドビューの常連だったのなら、従業員が、顔を知っている筈です。だから、シーサイドビューの従業員だった男女を、門の前に、立たせているんだと思いますね。常連だった顔を見たら、すぐ、報告しろと、命じているんだと思いますよ」

「なるほど。そういうことですか」

と、木村が、苦笑する。

「あとで、花田に、会ってみたいですね」

と、十津川は、いった。

午後六時に、一応、葬儀が、終り、そのあとで、十津川と、亀井は、寺の控えの間で、花田に、会った。

「本庁の刑事さんが、なぜ、高梨夫妻の死に、興味を持たれるんですか？」

と、花田は、きいてから、自分で、答を見つけたように、

「ああ、東京で、高梨ゆう子さんが、殺されたからですね」

「他にも、個人的な理由がありましてね」

と、十津川は、いった。

「どんな理由ですか？」

「私も、実は『シーサイドビューを愛する者たち』のグループに入っているんですよ」

「――」

一瞬、花田の表情が、変った。が、すぐ、笑い出して、

「それ、どういうグループなんですか？」

「文字通りの意味ですよ。上田貢一郎という人と、竹下可奈子という女性が、相ついで殺されたでしょう。あの人たちも、私と同じ、『シーサイドビューを愛する者たち』のグループに入っていたんです」

と、十津川は、いった。

花田の表情が、今度は、険しくなった。

「冗談は、やめてくれませんか」

「どうして、冗談だと思うんです？　私も、あの二人も、シーサイドビューが、大好きだったんですよ。従業員のサービスはいい、オーナーの高梨さんも、立派な人でしたからねえ。私たちのグループには、他にも、何人もいるんです」

「何人いるんですか？」

花田は、窺うような眼になった。

「気になりますか？」

「私のシーサイドホテルでも、ぜひ、ホテルを愛してくれるお客様のグループを、作りたいと思うので、参考までに、お聞きしているんですよ」

「それは、いい心がけだ」

亀井は、ニコリともしないで、いった。

花田は、そんな亀井を、じろりと、睨んで、

「経営者としては、当然の気持でしょう」

と、十津川に、いった。

「高梨夫妻は、どうして、死んだと思いますか？」

十津川が、きいた。

「新聞にも出ていましたが、ホテルが、倒産したショックからの心中だと思いますね。身体も、弱くなっていらっしゃいましたから」

と、花田は、いう。

「殺されたとは、考えませんでしたか？」

「いや、そんなことは、ぜんぜん、考えませんでした」

「なぜです？」

「なぜって、殺される理由がありませんからね」

「われわれは、殺されたと、考えているんですよ」

十津川は、宣戦布告するように、花田に向って、いった。

第六章　攻　防

1

「高梨夫妻が、何故、殺されたなんて、お考えなんですか？　二人が、死んだことは、悲しいですが、あれは、前途を悲観しての自殺、つまり、心中だと、誰もが、思っていますよ」

花田は、ゆっくりと、いった。

「私の考えを聞く気がありますか？」

と、十津川は、いった。

「いいでしょう。聞かせて下さい」

「これは、私の個人的な考えなんですがね」

と、断ってから、十津川は、じっと、花田を見つめて、

「熱海で、ホテルを経営していた人間がいた。しかし、バブルが、はじけて、経営が、思わしくなくて、多額の借金を、作ってしまった。そこで、そのホテルを売却し、新天地の南紀白浜で、新しく、ホテルを開業しようと、考えたわけです」

「面白そうな話ですね」

「ところが、資金が、足りない。多額の借金が、あったので、ホテルを売却しても、彼の

手元に残ったのは、五十億ぐらいのものだった。これでは、新天地で、ホテルを、開業は、できません」

「それで、彼は、どうしたんですか？」

「南紀白浜で、ホテルをやって、成功していた親戚がいたんですよ。上手くは、いっていたが、このホテルの社長は、病気がちで、入退院を、くり返していた。それで、男は、悪魔的な考えを、抱いたのです」

と、十津川は、続ける。

「悪魔的な考え？　どんな考えですか？」

「男は、そのAホテルの副社長と、経理係を、買収することから、始めたんですよ。社長は、今もいったように、病気がちなので、副社長に、全てを委せていました。その副社長を、男は、買収したんです。Aホテルは、改造費として、銀行に、二百億円の融資を頼みました。ホテルの経営が、うまくいっていたし、社長の人柄に惚れていた銀行は、二百億円を融資しました。ところが買収されていた副社長と、経理係は、その殆どを、男に渡してしまったのです。その金と、自分の金を使って、男は、Aホテルの傍に、Bホテルを建てたのですな」

「――」

「Aホテルの方は、帳簿の操作で、二百億円を返済できずに、倒産してしまいました。今や、Ｂホテルが、Ａホテルの客まで、取り込んで、隆盛を、誇っています」

「——」

「Ａホテルの社長夫妻は、死にました。世間は、倒産を悲観しての自殺と思っているが、私は、違うと、思っています。Ｂホテルを建てた男が、真相が、わかってしまうのを恐れて、心中に見せかけて、社長夫妻を殺した。そう考えています。そうなると、社長夫妻の娘も、眼ざわりになってくる。そこで、男は、暴力団を使って、彼女を殺してしまった」

「ストーリーとしては、まあ、まあだと思います。あまり、面白くありませんね。第一、リアリティーがない」

「リアリティーがないのは、その男の行為が、あまりにも、あくどすぎるからだと思いますがねえ」

　十津川は、そういって、笑った。

「それで、警部さんの考えたストーリーの結末は、どうなるんですか？」

　花田は、十津川を見つめて、きいた。

「もちろん、逮捕されます。判決は、恐らく、死刑でしょうね」

「なぜ、すぐ、逮捕しないんですか？　その男を」

　花田は、挑戦的な眼で、十津川を見た。

「証拠がないのです。残念ながら」

「なるほど。それでは、話になりませんね」

「だが、私は、こう考えるのですよ。その男は、Aホテルの副社長と、経理係を、買収して、Aホテルを、倒産させた。今、この副社長と経理係は、行方不明です。もし、この二人が見つかれば、この事件は、解決すると、思っているのです。なぜなら、金で、買収された人間なら、殺人容疑で、脅かされたら、すぐ、自供してしまうに違いないからですよ」

「しかし、二人が、見つからなかったら、どうするんですか？　その恐れもあるわけでしょう？」

「いや、その点は、楽観しています」

「なぜですか？　二人とも、すでに、国外へ逃げてしまっている可能性もあると、思いますがねえ」

「副社長の方は、確かに、その恐れもあります。しかし、経理係の方は、まだ、日本にいると、思っているのですよ」

「いやに、自信満々ですが、その理由は、何ですか？」

と、花田が、きく。

「この経理係は、女性で、Aホテルが、倒産したあと、Bホテルの経理責任者になっているのです。おかしいと思いませんか？」

「どこが、おかしいんですか？」

「Aホテルを倒産させ、Bホテルを開業した男にとって、この経理係は、秘密を知っている、火ダネみたいな女ですよ。その女を、わざわざ自分のホテルの経理責任者として雇うのは、火薬庫を抱えるようなものです。だから、おかしいと思ったわけです。私の推理では、彼女が、男を、脅したのだと思います。私を雇わなければ、全てを、バラしてやるとです」

「なるほどね」

「彼女は、また、月給の他に、毎月二百万円を要求しました。一筋縄ではいかない女なのですよ」

と、十津川は、いった。

「悪女ですね」

「だが、危険でもあるわけです。男は、冷酷な人間だから、いつ、彼女の口を封じようとするかわかりませんからね」

「なかなか、面白い」

「面白いでしょう。ところが、彼女は、全く、怖がっていなかったのです。なぜなのか？」

「なぜなんです？」

「彼女は、保険をかけていたと思われるからですよ」

「保険？」

「こういう状況の時、弱い方が、よく使う手ですよ。自分に、もしものことがあったら、全てを、書き記した手紙が、警察に届くようにして、おく。これが、保険ですよ。彼女は、その保険に入っている。だから、Bホテルを建てた男も、彼女を、殺すわけにもいかず、高い手当てを払って、自分のホテルの経理責任者にせざるを得なかったんです」

「女は、恐しいですね。私は、そんな女に会ったことがありませんので、今日まで、無事に来ていますが」

と、花田は、笑った。ちょっと、ぎこちない笑い方だった。

十津川は、構わずに、「それで——」と、続けた。

「私は、彼女が、生きていると、考えているのです。海外にも出ていない。海外で、殺されなくても、事故死したら、問題の手紙は、警察に送られてしまう。それで、男は、自分の手の届くところに、彼女をかくまっているると、私は、思っているのですよ」

「理屈としては、そうでしょうね」

花田は、わざと、他人事《ひとごと》みたいに、いう。

「私は、こういうことを、期待しているんです。彼女は、全てを告白した手紙を書き、それを、信用できる人間に、託した。ここまでは、花田さんも、同意なさるでしょう？」

十津川は、同意を求めるように、花田を見た。

花田は、どう相槌を打ったらいいか、わからないという感じで、

「それは、まあ――」

「私が、死んだら、この手紙を、警察宛に送ってくれといってです。これは、こうした保険の場合の常識です」

「――」

「手紙を託された友人は、じっと、構えていると思いますよ。彼女が、死んだという知らせを受けたら、すぐ、託された手紙を投函しようとしてです」

「――」

「それで、私は、こんなことも、考えているんです。もし、彼女が、死んだというデマが、飛んだら、どうだろうかと」

「デマ?」

「そうです。その場合でも、手紙は、投函されるのではないかとね。例えば、彼女と同じくらいの年齢の身元不明の死体が、見つかったとする。もし、その女を、彼女だと、発表したら、どうなるか考えたんですよ。恐らく、問題の手紙は、すぐ、ポストに、投函されるでしょうね。あとになって、彼女ではなかったとなっても、もう後の祭りです。われわれ、警察としては、とにかく、問題の手紙が、手に入ればいいんです」

「私を、脅かすんですか？」

「え？　なぜ、あなたが、心配するんです？」

十津川は、花田に向って、笑って見せた。

花田は、あわてて、

「私は、別に、心配していませんよ。ただ、警察が、そんな法律を破るようなことをしてもいいのかと、思ったものですからね」

「そうでしょうね。別に、あなたのことを、話しているわけじゃないんです。しかし、私は、信じているんですよ。彼女が死んだという噂が流れれば、必ず、彼女の手紙が、警察に送られてくるとです。更に、もう一つ、私の考えをいっておけば、彼女が、死んだという噂を流すことだって、必要とあれば、するつもりですよ。何しろ、殺人事件の解明のためですからね」

「しかし、警察が、そんなことをするのは許されないんじゃありませんか？　それこそ、悪徳警官そのものじゃないですか？」

花田が、険しい眼で、文句を、いった。

「もちろん、私は、責任を取りますよ。懲戒免職でも構わない。それで、殺人事件が解決し、犯人を刑務所に送り込めるのなら、満足ですからね」

と、十津川は、いい返した。

「もし、彼女が、そんな手紙を、書いてなかったら、どうするんですか?」

と、花田が、いった。

十津川は、笑った。

「私は、昔から、楽観主義者なんですよ。だから、彼女は、今でも、生きていると考えているし、保険の手紙を、誰かに、預けていると、思っているのです」

「私なら、そんな手紙は、無いと、思いますがね」

と、花田は、いう。

「そこは、考えの違いですね。私はね、今も、いったように、身元不明の女性の死体が、見つかったら、彼女の死体だと、発表するかも知れません。どうも、その誘惑に勝てそうもないのです」

と、十津川は、いった。

「架空の話は、私には、興味がありません。もう、失礼しますよ」

花田は、会話を打ち切って、自分の車に向って、歩いて、いった。

2

「花田と、警部の会話は、面白かったですよ。最後、花田は、逃げ出したんじゃありませんかね」

　と、亀井が、笑った。

「話している間に、次第に、花田が、怯えてくるのを感じたよ。まず、間違いなく、花田は、有村晴子を、何処かに、かくまっているよ。多分、シーサイドビューの副社長もだ」

「花田は、有村晴子と、副社長を、買収して、二百億円を、横領し、自分のホテルを建てた。と、すると、警部のいわれるように、この二人が、告白すれば、彼は、それで、終りですよ」

「そうだ。終りなんだ。普通に考えれば、自分にとって、危険な存在の人間は、全て、口を封じたいと思うだろう。だが、これまで、二人の死体は、見つかっていない。と、いうことは花田は、二人を殺したいと、思っても、殺せない理由が、あるんだよ」

「それが、保険ですか？」

「そうだ。副社長の方は、保険をかけているかどうか、わからないが、有村晴子の方は、間違いなく、保険をかけていると、思っている」

「そういえば、花田は、あわてていましたね。警部が、身元不明の女が、出たら、有村晴子だと噂を流してやるといったら、明らかに花田は、びびっていましたね。警部の嘘がわからなかったみたいで」

　と、亀井が、いう。

「私は、嘘をついたわけじゃない」

「え？」

亀井が、驚く。

「私は、どうしても、花田の犯行を証明できない時は、嘘をついてでも有村晴子の手紙を、手に入れるつもりだよ」

と、十津川は、いった。

「警部が、本気だったので、花田が、びくついたのかも知れませんね」

亀井が、いい換えた。

「これで、少しは、花田が、動揺するだろうと期待しているんだよ」

十津川が、いった時、彼の携帯が、鳴った。

東京からだった。

「今日、井上弘という男から、警部に、電話がありました」

「井上弘？」

と、十津川は、聞き返してから、それが、例の七人の名前の中にあったのを思い出した。

「私に、どんな用があるんだ？」

と、十津川は、きいた。

「話したいことが、あると、いっていました。明日の午後、もう一度、電話してくると、いっていました」

「わかった。すぐ、東京に戻る」

と、十津川は、いった。

彼は、亀井に、向って、

「君は、もう二、三日、ここに残って、県警と一緒に、花田の様子を、見張っていてくれ。私は今日中に、東京に、帰る」

「井上弘というのは、例の七人の一人ですね」

「そうだ。向うが、私に、話したいことがあると、いっているそうだ。私も、聞きたいことがあるんでね」

と、十津川は、いった。

すでに、南紀白浜空港から、東京への飛行便はなくなっていた。

十津川は、一刻も早く東京に戻りたかったので、列車で、名古屋に出て、名古屋から、新幹線に、乗ることにした。

東京に、戻ったのは、深夜に近かった。

捜査本部に行き、西本刑事から、電話のことを、聞いた。

「中年の男の声でした。ひどく、緊張した様子でした」

と、西本が、いう。

「私も、ぜひ、井上という男に、会って、話をしてみたいんだよ」

と、十津川は、いった。

翌日の午後になって、井上弘から、電話が入った。

会いたいというので、捜査本部近くの喫茶店を、十津川が、いった。

午後二時に、十津川は、ひとりで、出かけた。

向うは、先に来ていた。

井上は、一人ではなく、三十七、八の女性と一緒だった。

背の高い、五十歳くらいに見える井上は、

「井上です。こちらは、剣持美佐子さんです」

と、自己紹介した。

「本名は、違うんでしょうね」

「多少、違いますが、今日は、井上弘と、剣持美佐子としておいて下さい」

と、井上は、いう。

「それで、何の用ですか？」

「われわれのことを、警察は、いろいろと、調べられたんでしょうね？」

「シーサイドビューが、盛んだった頃、あなた方六人が、高梨社長と親しく、VIP待遇だったことと、あなた方の中の二人が、南紀白浜に行き、亡くなったことは、知っています」

と、十津川は、いった。

「実は、われわれは、何とかして、シーサイドビュー倒産の真相を明らかにしたいと、思っているのです。突然の倒産を、われわれは、信じられないからです。これには、何か裏があると、思い、われわれの中の上田と、竹下可奈子の二人が、南紀白浜に乗り込んで行ったのですが、二人とも、亡くなってしまいました。それで、われわれの疑いは、一層、濃くなっていったのです」

「高梨ゆう子さんも、東京のホテルで、殺されてしまいましたからね」

「そうです。ただ、どうしていいか、わかりませんので、じっと、様子を窺っていたのですが、われわれのことを、中年の男が、調べ始めました」

「それは、有田啓介という私立探偵です。シーサイドホテルの花田社長に頼まれて、あなた方の様子を調べて、報告しているのです」

と、十津川は、いった。

「やっぱり、花田の仕かけですか」

「そうです。それで、お二人は、どうするんですか？」

「明日、二人で、南紀白浜に行くつもりです。仲間の二人が、南紀白浜で、殺されました。その遺志を、無駄には出来ませんのでね」

「危険ですよ」

と、十津川は、脅しでなく、いった。

「わかっています」

「なぜ、そこまで、やるんですか？」

十津川は、二人にきいた。

「それだけ、シーサイドビューが、素晴しかったし、高梨社長の家族も、いい人たちだったということですわ」

と、剣持美佐子は、いった。

「私も、シーサイドビューが、盛んだった頃、行ってみたかったですね」

と、十津川は、いってから、

「向うへ、行って、どうなさるつもりですか？」

と、きいた。

「上田さんと竹下可奈子さんの二人は、向うへ行って、経理係の女を、脅したと聞いています。それで、向うは、動揺し、二人を、殺してしまったんです。私たちは、二人で行って、今度は、花田社長を、脅してやろうと思っているんです。私たちの見たところ、シーサイドビューの倒産劇の主役は、花田だと思いますからね」

「殺されるかも知れませんよ」

「私たちが、殺されたら、最後の二人が、行くことになっていま
井上は、別に興奮している様子も見せず、十津川に、いった。

「それで、私に、用というのは？」

「警察が、花田について、調べたことを、教えて、頂きたいんです。何ずに行くよりも、力になると思いますから」

と、井上は、いう。

「捜査で、知り得たことは、洩らしてはならないと、いわれています。しかし、特別だから、例外としましょう」

と、十津川は、いった。

十津川は、自分が、今回の事件の捜査を担当したことから、南紀白浜で、わかったこを、二人に、説明した。

「花田が、シーサイドビューの副社長と、経理係の有村晴子の二人を買収して、始まったんだと、私は、思っています。シーサイドビューの倒産劇を作ったのは、この三人だと、思っています。それから、東京の暴力団の幹部、渡辺志郎が、それを、手伝ったと、思っているのです。東京で、高梨ゆう子さんを殺したのは、この渡辺志郎だと見ています」

「花田たち三人を、なぜ、逮捕できないんですか？」

と、井上が、きく。

「決定的な証拠が、ありません。また、渡辺志郎は、青岸渡寺で、殺されてしまいました。この犯行には、あなた方が、関係していると、私は見ていますが、それも、証拠は、ありません」

十津川は、いった。

「高梨ご夫婦も、死んでしまいました」

「あれも、花田が、殺したと、思っています」

「それも、証拠がない？」

「その通りです」

「花田の弱みは、無いんですか？」

美佐子が、腹立たしげに、眉を寄せて、きく。

「まず、有村晴子のことがあります」

と、十津川は、いった。

彼女は、花田にかくまわれているに違いないこと、そして、保険の　井上たちに、話した。

「保険――ですか。面白いことを、聞きました」

と、井上が、いう。

「駄目ですよ」

と、十津川は、いった。

「駄目って、何のことですか？」

「今、あなたは、有村晴子を、殺してしまえばいいんだと、思ったでしょう。それは、駄目だというんです。殺人はいけません」

「参ったな。なぜ、わかったんです？」

と、井上が、きく。

「実は、私も、同じことを、考えたからですよ」

と、十津川は、笑いながら、いってから、

「私はね、あなた方を、殺人罪で、逮捕したくないんですよ」

「しかし、私も、美佐子さんも、覚悟を決めて、南紀白浜へ行くんです。先に行った上田さんと、竹下可奈子さんは、殺されました。だから、死を覚悟しています。花田たちと、刺しちがえてもいいと思っているんです。向うが、きたない手を使うのなら、こっちも、同じように、きたない手を使おうと、美佐子さんと、話し合ったんです」

「お気持は、わかりますが、そうしたら、あなたも、敗者ですよ」

と、十津川は、いった。

「今日は、お説教を聞きに来たんじゃないんです。私たちは、南紀白浜に、戦いに行くんです。戦う以上、勝つことに、全力を、あげるつもりです」

「私だって、あなた方に、勝って貰いたいですよ。しかし、卑怯なマネはして貰いたくないんです」

と、十津川は、根気よく、いった。

これ以上、死者は、出したくなかったのだ。

二人と、最後まで、意見が合わずに、別れると、十津川の携帯に、私立探偵の有田啓介が、かけてきた。

「南紀の花田社長に、報告するときには、そちらへも、知らせろと、いわれたので、電話しました」

と、有田は、いった。

「何を、花田に、報告するんだ？」

「男女の二人連れが、南紀白浜へ行く筈だということです。二人の写真も撮りましたから、その写真も、送るつもりです」

と、有田は、いう。

「二人の名前も、わかっているのか？」

と、十津川は、きいた。

「井上という男と、剣持美佐子という女です。本名かどうか、わかりませんが」

「もう、花田に、知らせたのか？」

「まだです。十津川さんの許可を得てから、報告したいと、思いまして」

「そうだな――」

十津川は、考えた。

井上と、美佐子の二人は、先に行って殺された二人と、同じことをするだろう。シーサイドホテルに泊り、わざと倒産したシーサイドビューのことを誉める。有村晴子のことも、聞いて回るかも知れない。

花田に、すぐマークされるだろうが、それが、井上たちの狙いでもある筈なのだ。

と、すると、有田が、花田に知らせても、知らせなくても、同じなのだ。

「いいから、君が、調べた通りのことを、花田に報告しなさい」

と、十津川は、いった。

3

何かが、動き始めているのだ。

十津川は、捜査四課の中村と会った。

「S組は、渡辺志郎が、殺されたことで、犯人探しは、やらないと、いっていたね」

「そうだ。渡辺と、組とは、無関係だと、主張しているよ。警察に、マークされるのが、嫌なんだ」

と、中村は、いった。

「君から、もう一度、花田のために、動くなと、釘を刺して、おいてくれないか。もし、動いたら、殺人容疑で捜索すると、いっておいてくれ」

と、十津川は、いった。

そうしておいてから、翌日、十津川は、また、南紀白浜に向った。

十津川は、新幹線と、紀勢本線を利用して、南紀白浜に向った。

JR白浜駅には、亀井が、迎えに来ていた。

「県警と一緒に、有村晴子を、探しているんですが、まだ、見つかりません。シーサイドビューの副社長もです」

と、亀井は、いう。

「今日、例の六人の中の二人が、白浜に来ることになっている」

十津川が、いうと、

「そういえば、午後二時に、中年の男女が、シーサイドホテルに、チェックインしています。その二人が、そうでしょう」

「相当の覚悟をして、二人は、乗り込んで来ている筈だ」

「面倒なことになりそうですね」

亀井が、眉をひそめる。

「ああ。だが、この二人は、それを望んでいるんだ」

「前にやって来た上田と、竹下可奈子の仇討ちのつもりなんですか？」

「それもあるだろうし、シーサイドビュー倒産の真相を、知りたいという願いも、あるんだと思う」

と、十津川は、いった。

二人は、タクシーで、シーサイドホテルに向った。

今日も、海は、穏やかで、コバルトグリーンに、染まっている。

平和な光景である。だが、シーサイドホテルの中に入ると、気のせいか、ぴりぴりしている感じだった。

フロントで、部屋のキーを貰ったが、すぐには部屋には入らず、二人は、しばらく、ロビーにいた。

「有村晴子だがね。花田の眼の届く場所に、かくまわれていることは、間違いないんだ」

と、十津川は、いった。

「彼女の行きそうな場所は、全て、調べましたが、見つかりません」

「南紀白浜は、全て、調べたのか？」

「そうです。あとは、花田の邸だけです」

「何処にあるんだ？」

「この白浜の高台にあります。空港の近くです。五、六百坪はある大きな邸です」

「そこに、かくまわれているのかな？」

「私は、そう思うんですが、確証もなしに、踏み込むわけには、いきません。何といっても、花田は、この南紀白浜では、名士で、通っていますから」

と、亀井は、いった。

「監視はつけているんだろう？」

「県警が、監視してはいますが――」

「何の動きもなしか？」

「そうです」

「花田に、もう少し、圧力をかけてみるかね」

と、十津川は、いった。

二人は、最上階にある社長室に、花田を、訪ねた。

「今度は、どんなお伽話をして下さるんですか？」

と、花田は、からかうように、十津川を見、亀井を見た。

「失踪した有村晴子のことなんですがね」

と、十津川は、いった。

「何処かで、死体が、見つかったなんて嘘をいうんじゃないでしょうね？」

「いや。違いますよ。花田さんの自宅に、かくまわれているらしいという噂を聞いたんです」

「そんな噂を、信じるんですか？」

「もし、この噂が事実だとすると、大変なことだと、思いましてね。有村晴子は、竹下可奈子殺しの容疑者なんです。万一、あなたの邸にかくまわれているとすると、犯人をかくまった罪で、あなたを、逮捕しなければ、いけないのですよ。私としては、南紀の名士のあなたを、そんなことで、逮捕したくない。だから、もし彼女があなたの邸にかくれているのなら、すぐ、警察に、出頭するように、説得して下さい。お願いします」

と、十津川は、いった。

花田の表情が、こわばった。

「十津川さんも、平気な顔で、心にもないことを、いいますねえ」

「いいましたか？」

「本当は、私を、逮捕したくて、うずうずしているんでしょう。それなのに、逮捕したくないという」

「どうなんですか？」

「何がです?」

「有村晴子のことですよ。あなたの広い邸の何処かに、かくれているのだったら、今もいったように、すぐ、出頭するようにいって下さい。われわれが家宅捜索をしない中にです」

と、十津川は、いった。

「私の邸を、家宅捜索する気なんですか?」

「そうです。有村晴子が、あなたの邸にいるという報告が、ありますから」

十津川は、ちょっと、嘘をついた。

「私の家には、誰もいませんが、念のために、もう一度、調べてみますよ。もし彼女がいたら、警察に出頭するように、説得しましょう」

と、花田が、いった。

「ぜひ、そうして下さい」

「今日帰って調べて、明日、あなた方に、ご報告しますよ」

と、花田は、いう。

「明日ですか」

十津川が、いった時、社長室に、若い女性が入って来た。

秘書だろう。

十津川と、亀井に、軽く会釈してから、花田の傍に行き、小声で、何かいった。

「誰？」

と、花田が、聞き返す。

「井上弘さんと、剣持美佐子さんと、おっしゃっています」

と、いう女性秘書の声が、聞こえた。

十津川は、思わず、亀井と、顔を見合せた。

「一階のティールームに待たせておいて。すぐ行く」

と、花田は、女性秘書に指示し、十津川に向って、

「急用が出来ましたので、失礼します」

と、いって、立ち上った。

十津川と、亀井は、廊下に出た。

「井上と、剣持は、何をする気ですかね？」

と、亀井が、きいた。

「二人は、仇を討つつもりなんだ。シーサイドビューの高梨社長夫妻や、娘のゆう子や、それに、仲間の上田や、竹下可奈子のだよ」

と、十津川は、いった。

「危っかしいですね」

「ああ。だが、私には、止められなかった。二人が、死ねば、最後の二人が、また、ここに、やってくる筈だ」

「今回の二人は、何をするつもりなんですかね？」

「花田を、呼んだところを見ると、面と向って、シーサイドビューが、倒産した時の事情を、聞こうというのじゃないかね。それに、姿を消したままの有村晴子のことも、聞くんだと思う」

「花田が、本当のことを話すとは、思えませんが」

「そりゃあ、いわないだろう。有村晴子についても、何処にいるか、知らないと、いうに、決っている」

「それで、終りですかね？」

「いや、私は、二人に会っているが、並々ならぬ決意で、この南紀白浜に来ている筈だ」

「しかし、事件を調べるにしても、何の力も、彼等には、ありませんよ。だから、われわれ警察に委せておけば、いいと思いますがねえ」

と、亀井が、溜息まじりにいう。

十津川は、小さく、手を横に振って、

「それは、カメさんの間違いかも知れないよ。二人は、民間人だから、われわれみたいに、規則に縛られずに、どんな無茶でも出来る特権を持っているんだ」

と、いった。

十津川と、亀井は、一階ロビーまで、降りて行った。

大型ホテルらしく、広いロビーには、宴会場から、お土産物コーナー、ラーメン店まである。

その一番奥に、ティールームがあった。

花田が、井上、美佐子の二人と、向い合って話しているのが見えた。

話し声は、聞こえて来ない。

十津川と、亀井は、ティールームまで歩いて行き、彼等から離れたテーブルに、腰を下した。

時々、花田が、大声を出すが、また、すぐ、静かな会話になる。

一時間近く話していて、花田が、最後に、急に立ち上って、ティールームを出て行った。

井上と、剣持美佐子の二人は、十津川たちに気付いて、寄って来た。

二人は、改めて、コーヒーを注文した。

「花田が、時々、怒鳴っているようでしたが、何か、向うの気にさわるようなことを、いったんですか？」

と、十津川は、きいてみた。

井上は、小さく笑って、

「どうせ、ケンカになるんだからと思って、思い切り、いってやりましたよ。シーサイドビューの高梨社長夫婦を殺して、倒産させ、自分のホテルを建てたんだろうとか、よく、ぬけぬけと平気で、社長をやっていられるねとかね」

「花田の反応は？」

と、亀井が、きいた。

「最初は、苦笑していましたがね。とうとう途中から怒り出して、名誉毀損で、訴えてやると、いってましたよ。私は、ぜひ、告訴して下さいっていったんです。裁判ざたになれば、向うのシッポを、捕えられるかも知れませんからね」

井上は、やたらに、勇ましかった。

「あなたは、どう思いました？」

十津川は、視線を、剣持美佐子に、移した。

「私は、竹下可奈子さんを殺したと思われている、経理係の有村晴子について、聞きました。何処にいるのか、本当は、知っているんじゃないか。犯人をかくまっているんじゃないかとか、聞いてみたんですよ」

と、美佐子が、いう。

「もちろん、花田社長は、否定したでしょう？」

「ええ。自分も、探している。見つけたら、すぐ、警察に突き出すつもりだと、いっていましたわ。でも、眼がね」

「眼が、どうかしたんですか？」

「落ちつきがないんです。有村晴子が、あの社長の弱点だと、思いましたわ」

　と、美佐子は、いう。

「やっぱり、そうですか」

「あの花田社長の家を家宅捜索したら、どうなんですか？」

　井上が、睨むように、十津川を見た。

「今は、駄目です。彼が、有村晴子を、かくまっているという、相当強い疑いがなければ、家宅捜索は、出来ません。例えば、有村晴子が、花田の家に入るのを見たという目撃者が、いるとかね。今は、それが、ありません」

「駄目ですか？」

「明日、よく調べて、知らせると、花田は、私にいっていましたが、彼女がいても、いないというに決っています」

　と、十津川は、いった。

「そうですか。駄目ですか」

　井上は、そんな言葉を繰り返していたが、急に、美佐子を促して、立ち上った。

4

その日の夜、十一時を回った頃、十津川に、電話があった。

「県警の木村です。今、花田社長の自宅に、泥棒が入ったという一一〇番がありまして、これから出動ですが、十津川さんも、来られませんか？」

「もちろん、行きます」

と、十津川は、答えた。

県警が、回してくれたパトカーに、二人は、乗り込み、南紀白浜空港近くにある花田の自宅に向った。
五、六百坪の邸宅である。
その前に、一台、二台と、パトカーが、集ってきた。

十津川たちも、車から降りると、邸の中に飛び込んで行った。

だが、邸の中は、ひっそりしていた。

パジャマ姿の花田が、出て来て、

「何のマネですか？」

と、食って、かかった。

「こちらから、一一〇番が、あったんですよ。泥棒が入ったという知らせです」

県警の刑事の一人が、いった。

「うちから、一一〇番した覚えはないがね」

「いや、こちらから、電話があったことは、間違いないんです」

「そんなバカな！」

と、花田が、怒鳴ったとき、急に二階で、ドーンという大きな音がした。

「何なんだ！」

花田は、傍にいた若い男に、きく。

「わかりません」

男も、首を振る。

「二階に泥棒がいるんじゃありませんか？」

県警の刑事が、いい、どやどやと、玄関からあがって、いった。

十津川と、亀井も、そのあとに、続いた。

また、二階で、大きな音が、聞こえた。

県警の刑事たちが、階段を、駆け上って行く。

「カメさん。他の部屋を探そう」

と、十津川は、小声で、亀井に、囁いた。

「他の部屋ですか？」

「有村晴子がいないか、それを、調べるんだ」

と、十津川は、いった。

花田も、二階にあがって行った。

そのすきに、十津川は、亀井と、一階の部屋を、片っ端から、探してみた。

何処にも、有村晴子は、いなかった。最後に、二人は、二階に、あがっていった。

県警の刑事たちが、一人の男を逮捕していた。

（あっ！）

と、十津川が、声を出しそうになったのは、その男が、井上弘だったからである。

花田は、黙って、井上を睨んでいた。

井上は、十津川に向って、ニヤッと、笑って見せた。

（やりましたよ）

と、その顔は、語っていた。

県警の木村警部は、これを、チャンスとばかり、花田に向って、

「あなたも、皆さんも、部屋の品物に、触らないで下さい。今、鑑識が来て、指紋の検出をしますから」

「なぜ、そんなことをしなければならないんですか？　犯人は、捕ったし、見たところ、

何も盗まれていませんからね」

　と、花田が、抗議した。

　十津川が、それに対して、

「共犯がいたかも知れないんですよ。だから、犯人が捕ったからいいというのは、駄目です。それに、この犯人は、爆発物を使っています。それも、調べなければ、なりません」

「花火ですよ。花火を使ったんです。単なる嫌がらせです」

「どうして、嫌がらせだと、わかるんですか？」

「あの男は、今日、ホテルの方に、私に会いに来たんです。私が、冷たく、あしらったものだから、嫌がらせに忍び込んできたんです」

「それなら、女性が一緒だったでしょう？」

「ええ。まあ」

「それだと、共犯がいるわけですよ。花火で、われわれの注意を引きつけておいて、共犯が、盗んだものを持って、逃げた可能性が、大いにありますよ」

　と、十津川はいい、県警の木村に、

「これは、大変な捜査になりますよ」

　と、いった。

　木村も、それに、応じて、

「とにかく、大胆不敵な犯人です。二階で、花火を鳴らし、その隙に、共犯を逃がしているんですから、徹底的な、捜索が、必要です」

「この家の主人は、私ですよ。私が、何でもなかったといっているのに、調べるんですか?」

と、花田が、文句を、いう。

「これは、警察の仕事なんです。邪魔はしないで頂きたい」

木村は、強く、花田に、いった。

鑑識が、ぞろぞろ、家の中に入って来た。

フラッシュが、焚かれ、一階、二階のあらゆる部屋を、刑事たちが、調べ始めた。

花田は、ぶぜんとした顔で、見守っていたが、その中に、弁護士を、電話で、呼んだ。

十津川と、亀井も、そんな騒ぎの中で、部屋を見て回った。

邸の中に、有村晴子が、いないことは、わかった。

欲しいのは、彼女が、何処にいるか、何処にかくまわれているかの手掛りだった。

花田が呼んだ松野という弁護士が、やって来た。が、彼も、花田に、小さく、首を横に振って見せた。

警察の捜査を拒否することは、出来ないといったのだろう。

刑事たちの捜査が終ったのは、夜明け近かった。十津川と、亀井の二人も、邸中を探し

回ったが、有村晴子への手掛りらしきものは、見つからなかった。

二人は、諦めて、邸の外に出た。

少しずつ、周囲が、明るくなってくる。

二人は、小さく、伸びをした。

「折角、井上が、泥棒をやって、警察を呼んでくれたのに、何も、見つかりませんでしたね」

亀井は、残念そうに、いった。

「一一〇番したのも、井上自身だろうね。わざと、警察を呼んだり、二階で花火を爆発させたりして、われわれに、邸の中を、調べさせたんだろうが、残念だった」

と、十津川も、いった。

「しかし、ある面で、井上については、ほっとしてるんです。とにかく、しばらく、彼は、白浜警察署に、留置されるでしょうから、殺されなくて、すみます」

「そうだな。ただ、もう一人いるよ」

「剣持美佐子ですか。彼女も、何かやるつもりですかね？」

「その気で、二人は、白浜に来ているんだと思っている」

と、十津川は、いった。

「何をやる気でしょうか？」

「わからないが、思い切ったことをしそうな気がして仕方がないんだ」

「その前に、われわれで、事件の解明をしたいですね」

「それには、何としても、有村晴子を、見つける必要がある。花田が、彼女と、副社長を買収して、シーサイドビューを倒産させたと思うんだが、証拠がない。その証拠を握っているのが、彼女だからね」

「しかし、何処にいるんでしょうかね。結局そこに、いってしまうんですが」

亀井が、周囲を見回した。

「この白浜の町の中にいることは、間違いないと、私は、思っているんだがね」

と、十津川も、周囲を見回した。

「花田の眼の届く範囲だということは、まず、間違いないと、思うんですが」

「その点は、同感だよ。だから、白浜の町の何処かだろうと、思っているんだよ」

「しかし、花田は、もともと、熱海で、ホテルをやっていた男です」

「そうだ。白浜では、他所者《よそもの》だよ」

「それなら、彼が、信用して、彼女を預けられる人間はいないと、思いますが」

「そうだな。何かを頼むとすれば、金を使ってだろうが、自分の生死を握る人間を、金を、使って、預けるとも思えない」

「すると、熱海に、かくまっているのではないですかね？」

「花田は最近、一度も、熱海には、行っていないんだ。もし、熱海に、かくまっているのなら、心配で、何度か行っている筈だよ」

と、十津川は、いった。

あくまでも、この白浜だという確信は、変っていなかった。

「カメさん」

と、十津川は、間を置いて、

「手紙を隠すのなら、手紙の中にという言葉が、あったね」

「誰かのミステリイでしょう。それが、今回の事件と、何か、関係がありますか？」

「いや、直接関係ないんだが、シーサイドホテルの隣にあるシーサイドビューだがね」

「倒産して、今は、閉館されていますが」

「だが、管理人はいるわけだろう？」

「ええ。いますよ。不用心ですからね」

「所有権は、今、何処が、持っているんだろう？」

「銀行が、抵当権を持っている筈です」

「それを、詳しく知りたいね」

「どうしてですか？」

「ひょっとすると、今、閉館されているシーサイドビューの中に、有村晴子は、かくれて

いるんじゃないかと、思ってね。シーサイドビューの副社長もだよ」

と、十津川は、いった。

「私は、銀行へ行って、調べて来ます」

「私は、シーサイドビューを、見て来よう」

と、十津川は、いった。

5

白浜の温泉街に行き、二人は、朝食をとってから、十津川は、亀井と別れて、シーサイドビューの建物を、見に行った。

ひっそりと、静まり返った、巨大なビルは、昼間でも、不気味に見える。

十津川は、閉っている入口に近づき、ガラスドア越しに、中を覗き込んだ。

しばらく、覗いていたが、人の気配はない。

ただ、横の駐車場には、数台の車がとまっていた。どうやら、駐車場だけは、現在のホテルの所有者が、貸駐車場として、使っているらしかった。

十津川は、駐車場の中に入っていった。

隅に、プレハブの管理人室が、出来ていた。

ドアを叩くと、六十歳くらいの男が、顔を出した。十津川は、警察手帳を見せて、

「この駐車場の管理をやってるんですか？」

と、きいてみた。

「両方、やっていますよ」

と、男は、いう。

「両方って？」

「この駐車場と、向うの建物の管理も、頼まれてるんですよ。ホームレスなんかが、入り込んで、火事を起こしたら、大変だからね」

と、男は、いった。

「ひとりで、大変ですね？」

「いや、二人で、交代でやってます」

「誰の依頼で、やってるんですか？」

「あのビルの所有者ですよ」

「何という会社？」

「シーサイドビュー再建委員会かな。そこが、私らを雇っているんですよ」

「銀行じゃないの？」

「私は、ただ、雇われてるだけだから」

と、男は、いった。

十津川が、もう一度、駐車場に出て、シーサイドビューの建物を、見上げていると、亀井が、やって来た。

「調べて来ました。銀行が抵当権を設定していますが、今は、シーサイドビュー再建委員会が、管理を頼まれているそうです」

と、亀井が、いった。

「その構成は、どうなってるんだ？」

「これが、その委員の顔ぶれです」

亀井が、リストを見せる。

十津川は、眼を通した。

「あの花田が、委員長かね」

「そうです。ゆくゆくは、花田が、借金を返し、自分の力で、シーサイドビューを再建すると、いったそうで、銀行も、それに、賛成したようです。今は、売りたくても、売れませんからね」

「他の顔ぶれは、白浜の名士みたいだね」

「そうです。シーサイドビューを、懐しむ人たちが集って、再建委員会を作り、花田が、その委員長になっているわけです」

「とすると、この建物のカギは、全部、花田が預っているんだな？」

「そうです」

「すると、出入りは、自由か？」

「そうなりますね」

「と、すると、このビルの中に、有村晴子を、かくまっていても、おかしくはないんだ。携帯を持たせておけば、連絡は、自由だしね」

「中を、調べてみますか？」

「管理人に、カギを借りよう」

と、十津川は、いった。

二人は、管理人に会って、ビルのマスターキーを借りたいと、いった。

「花田社長さんの了解を得ませんと」

と、管理人は、いう。

「私が、あとで、断っておきますよ」

十津川が、いい、渋っている管理人から、マスターキーを受け取ると、二人は、ビルの正面に回った。

（果して、この中に、有村晴子は、隠れているのだろうか？）

第七章　対決と結末

1

二人は、ビルの中に入って行った。

倒産して、間もないせいか、ビルの中は、意外に、きれいだった。

調度品が、失われているので、がらんとしてはいるが、このホテルが、盛んだった時の美しさは、ところどころに、残っていた。

部屋の明りも点く。

エレベーターは、動かなかった。

二人は、一階から、二階へと、あがって行き、その階の部屋を調べて行ったが、有村晴子は、見つからなかった。

だが、最上階の八階まであがった時、十津川は、その階に、生活の匂いを嗅いだような気がした。

七階までは、荒っぽい掃除の仕方なのに、この八階は、丁寧に、掃除されているのだ。

七階までは、業者が荒っぽく、掃除機をかけたのだろうが、八階は、住んでいる人間が、生活するために、掃除しているという感じなのだ。

八階の、海に面した続き部屋を開けた時、今度こそ、はっきりした生活の匂いを嗅いだと、思った。

昔は、和洋続いた客室だったと思えるが、そこに、小さなキッチンが、造られ、冷蔵庫まで置かれている。

亀井が、その冷蔵庫を開けた。

肉や、野菜、それに、魚も、入っていた。

余りもののシチューを、ポリ容器に入れたものまで、奥に入っている。

「誰かが、ここに住んでいたんですよ」

と、亀井が、眼を光らせて、十津川を見た。

「多分、有村晴子だろう」

と、十津川は、いった。

「あわてて、逃げたみたいですね」

「誰かが、知らせたんだ」

「しかし、何処へ逃げたんでしょう？」

二人は、部屋の中に、その手掛りになるものを探したが、見つからなかった。

その代り、十津川は、天井《てんじょう》の一角に仕掛けられた小さな監視カメラを、発見した。

部屋にだけでなく、八階の廊下にも、いや、七階から下の階段にも、監視カメラがあったのである。

「このカメラが、われわれを、監視していたわけですかね。それで、すぐ、有村晴子に、逃げろと、電話で指示したんじゃありませんか」

と、亀井が、いう。

「今、われわれを監視しているのは間違いないが、本来、有村晴子を、監視するためのものだったと思うね。花田にとって、一番危険な存在は、彼女だが、殺すことも出来ない。それで、監視カメラで、監視していたんだ。監視せずには、いられなかったんだと思うね」

十津川は、そういい、周囲を見回して、

「これを、何処で、集中管理しているんだろう?」

「花田社長の自宅じゃありませんね。自宅は、井上弘が、侵入したおかげで、徹底的に調べましたが、そんな管理システムは、ありませんでした」

と、亀井は、思い出して、いった。

「とすると、シーサイドホテルの何処かで、管理しているんだ」

「社長室でしょうか?」

「いや、花田に、社長室で会ったときには、それらしいテレビ画面は、無かったよ」

「他に、あのホテルには、保安室みたいなものがあるのかも知れませんね。そこで、テレビ画面を見ながら、監視しているんだと思います」

と、亀井が、いう。

「しかし、ホテルの何処にあるのか、わからないな」

「一室ずつ、徹底的に、調べていったら、どうでしょう?」

「向うにだって、弁護士がついている。理由なしには、調べられないよ。客室は、尚更だ」

と、十津川が、いった時、十津川の携帯が、鳴った。

県警の木村警部だった。

変に、嬉しそうな声で、

「また、事件が起きました」

「今度は、何処です?」

「シーサイドホテルです。すぐ、来て下さい。一階のロビーにいます」

と、木村は、いった。

2

二人は、すぐ、隣のシーサイドホテルのロビーに、駈けつけた。

広いロビーには、木村が、十二、三人の刑事と一緒に、十津川を、待っていた。

「何があったんですか？」

と、十津川が、きくと、木村は、紙ヒコーキを、彼に見せた。

広げると、そこに、次の文字が、書かれていた。

〈誰でもいいから、助けて下さい。

私は、今、このホテルの中に、監禁されています。

場所は、わかりません。

すぐ、警察を呼んで下さい。

剣持美佐子〉

「この紙ヒコーキが、このホテルの窓から、飛ばされて、拾った人間が、一一〇番してきたんです。紙についているシミは、人間の血だとわかりました」

と、木村は、いった。

「それで、ホテル中を、捜索できる令状は、とれたんですか？」

「貰いましたよ。これが、捜査令状です」

木村が、それを、十津川に見せている時に、このホテルの花田社長が、顧問弁護士の松野を連れて、おりて来た。

「これは、とんだ猿芝居ですよ。全室を捜索するなんて、とんでもない」

と、花田は、いった。

「しかし、このホテルの中で、女性が、一人、助けを求めているんですよ」

木村が、いい返した。

それに対して、松野弁護士が、

「その紙ヒコーキに書かれた剣持美佐子という女性ですがね。昨日、このホテルにチェックインした泊り客で、現在、１００８号室に泊っているんです。これは、完全ないたずらですよ」

と、いう。

「では、その１００８号室を見せてくれませんか？　そこに、彼女が、いたら、引き退りますよ」

と、十津川が、いった。

県警の刑事たちを、ロビーに残し、十津川と、亀井、それに、木村の三人が、花田と松野に案内されて、十階に、あがって行った。

１００８号室を、花田がノックする。

「ホテルの者ですが、開けてくれませんか？」

花田が、声をかけたが、返事はない。

「マスターキーは？」

と、木村が、いった。

「きっと、外出されているんですよ。事件なんか、起きていません」

花田が、あわてて、いう。

「すぐ、開けて下さい！」

と、十津川が、怒鳴った。

花田が、しぶしぶ、マスターキーを取り出して、錠を開けた。

十津川を先頭にして、三人の刑事が、部屋に、飛び込んだ。

ツインルームには、誰もいなかった。

しかし、スタンドは、床に転がり、机の引き出しは、開けられていた。

おまけに、バスルームを覗くと、ミラーに、口紅で、次の言葉が、殴り書きされていた。


〈女を殺してやる！〉


「これは、きっと、いたずらですよ」

と、花田が、あわてて、いった。

「いたずらかどうか、ホテル中を探したいですね」

木村が、いい返した。

彼は、すぐ、携帯を使って、一階ロビーにいる刑事たちを呼び集めて、指示した。

「このホテルの部屋を、一つ残らず、調べるんだ。もし、非協力的な態度を取ったら、公務執行妨害で、逮捕しろ！」

それに対して、花田が、何かいいかけたが、それを弁護士の松野が、止めた。

十津川と、亀井も、この捜索に、協力した。

最上階から、一部屋ずつ、調べていく。

その間に、剣持美佐子が、見つかってしまったら、その時点で、捜索は、中止しなければならない。

（見つからないでくれ）

と、十津川は、念じた。

が、その一方で、

（剣持美佐子は、聡明そうだから、きっと、見つからないだろう）

とも、思っていた。

多分、彼女は、すでに、ホテルの外に逃げてしまっているに違いない。

途中で、木村が、十階の１０００号室が、特別室になっていることを見つけて、十津川に、知らせてくれた。

二十畳ほどの部屋には、一ダースのテレビ画面が、並んでいた。

三列に並んだ、一番左端の四台に、見覚えのある、隣のシーサイドビューの内部が、映っていた。

有村晴子が、生活していたと思われる部屋もである。

十津川は、この四台のテレビのビデオテープを探した。四台には、一本ずつ、ビデオテープが、ついていた。

それを、一本ずつ、見ていく。

有村晴子と思われる女が、はっきりと、映っていた。

十津川たちは、花田に、そのビデオを見せ、どういうことだと、詰問した。

「ここに映っているのは、竹下可奈子殺しで、手配中の有村晴子でしょう。彼女が、なぜ、映っているのか、説明して貰いたいですね」

花田は、小さく、首をすくめるようにして、

「ここの保安は、全て、保安部長の梨田君に委せています。彼に聞いて下さい」

「梨田という男は、何処にいるんですか？　なぜ、この部屋に、いないんですか？」

「二日前から、風邪で、休んでいるんですよ。嘘じゃありません。全て、彼のやっていることで、私は、関係ないんだ。有村晴子が、ここに映っていることだって、梨田から、何

の報告もなかった。報告を受けていれば、すぐ、警察に、連絡していますよ。これでも、市民の義務については、よく、心得ていますからね」

「それで、梨田の住所と、電話番号は？」

と、木村が、きいた。

「JR白浜駅前のNマンションの305号室、電話番号は――」

と、花田は、いった。

十津川たちは、パトカーを飛ばして、問題のマンションに、向う。

途中、携帯を使って、教えられた番号にかけてみるが、相手は、いっこうに、電話に出なかった。

「花田の話は、嘘かも知れませんね」

と、木村が、いう。

「しかし、ホテルの従業員の話では、梨田という保安責任者がいることだけは、間違いないんです。何でも、警察官あがりだということですが」

十津川が、いった。

「二日前から、風邪で休んでいるというのも、都合が、良すぎる感じですね」

「逃がすつもりかも知れません」

と、十津川は、いった。

白浜駅前は、最近になって、少しずつ、賑やかになってきた。

土産物店や、食堂、それに、白浜温泉の案内所、タクシーの営業所などは、前からあったが、何しろ、肝心の温泉郷が、車で十分か、十五分かかる海岸近くにあるため、大きな発展が、見られなかった。

それが、ようやく、賑やかになってきて、マンションなども、建つようになってきた。

その一つが、Nという真新しいマンションだった。

305号室に、あがっていく。錠がおりているが、人のいる気配はない。

十津川たちは、管理人に開けて貰って、部屋に入った。

2DKの部屋である。

奥に、ベッドがあったが、乱雑になったままだった。

机の引き出しを調べていた亀井が、袋に入った写真を見つけた。

最近、現像、プリントしたらしい十枚足らずの写真である。

それを、十津川と、木村に見せた。

五十歳くらいの男が、有村晴子と一緒に写っている写真ばかりだった。

管理人に見せると、男は、梨田に間違いないという。

「どういうことなんですかね？」

と、亀井が、きく。

「梨田は、花田から、有村晴子の監視を頼まれている間に、いい仲になってしまったということだろう。梨田にしてみれば、彼女は、金を持っているし、これからだって、花田社長から、金を絞り取れる。一方、晴子にしてみれば、いつ、花田に消されるかわからないんだ。元警察官の梨田は、頼りになるガードマンだったんじゃないか」

と、十津川は、いった。

「利害が一致したということですかね」

木村が、写真を見ながら、いう。

「そうでしょうね。純粋な愛情なんて感じは、ありませんよ」

と、十津川は、いった。

「そうなると、今、この二人が、何処にいるかが、問題ですね」

と、亀井が、いった。

「われわれが、倒産したホテル、シーサイドビューの建物に眼をつけたので、花田は、あわてて、有村晴子を、逃がした。ここまでは、間違いないと思いますね」

と、十津川は、木村に、いった。

「同感です」

と、木村が、肯く。

「逃がしたのは、梨田でしょう。二日前から、風邪で休んでいたという花田の言葉は、全く、信用できません。梨田が、あわてていたことは、肝心のビデオテープを、始末していないことでもわかります。問題は、梨田が、彼女を、何処にかくまったかです。花田に指示された場所に、連れて行ったか、それとも、花田も知らない場所にかくまったかです」

十津川は、微笑して見せた。

「その可能性は、ありますか？」

と、木村が、きいた。

「もし、二人が、共謀して、花田の知らない所に、隠れたのだとすると、われわれにも、大いに、チャンスがあることになります。花田の指定した場所に、逃げたとすると、それを、探すのは、難しいし、主導権は、花田に、握られてしまいます。しかし、晴子が、梨田と、しめし合せて、隠れているのだとしたら、花田と、フィフティ・フィフティで、争うことが出来ます」

と、十津川は、いった。

十津川たちは、強引に、シーサイドホテルの中に、臨時の捜査本部を設け、また、監視テレビのある十階の部屋には、県警の刑事が、入った。

十津川の携帯に、女の声の連絡が入った。

剣持美佐子からだった。

「もう、シーサイドホテルには、おりません」

と、美佐子は、いった。

「そうだと、思っていました」

十津川は、自然に、微笑していた。

「今、椿温泉のWホテルに、柴崎という偽名で、泊っています。私のしたことは、何か、罪になるでしょうか？」

「それは、事件が全て解決してから、考えたいと、思っています。まあ、軽犯罪といったところだと思いますが」

「私のやったことは、お役に立ちました？」

「大いに、役に立っています。しばらく、姿は見せないでくれませんか。あなたが、シーサイドホテルの中で、誘拐されたということで、ホテル内を、捜索できる状態にしておきたいんです」

と、十津川は、いった。

3

有村晴子も、保安部長の梨田も、見つからなかった。

「花田たちも、落ち着きを失っていますね。弁護士の松野と、相談を繰り返しています」

と、木村が、十津川に、いった。県警の刑事たちが、ホテル内を、歩き回って、そんな感触を、受けたというのである。

「われわれの予想が、当って、梨田が、花田に知らせずに、有村晴子と、逃げたのかも知れませんね」

十津川は、嬉しそうに、いった。

ここまでは、彼の期待する方向に、動いているようである。

「これから、どうなると、思いますか？」

と、木村が、きく。

「梨田と、有村晴子が、一緒に逃げたとすると、差し当って、必要なのは、金だと思いますね。われわれが、シーサイドビューに踏み込んだとき、晴子は、あわてて、逃げたと思います。その案内をしたのは、梨田でしょうが、あわてたとすれば、今、手持ちの金は、少いと思いますからね。二人は、当然、花田に、金を要求する筈です」

「そうでしょうね」

「梨田も、彼女が、いわば、金のなる木だと思って、仲良くなったと、思われるからです」

「大金を手に入れ、二人で、しばらく、何処かへ姿を隠そうと、するでしょうね」

と、木村も、いった。

「私は、花田が、それに、応じざるを得ないだろうと思うのです。有村晴子が、怒って、全てをぶちまけたら、それで、花田は、終りですからね」

「もう、晴子は、金を要求しているかも知れませんね」

「その通りです。梨田が、一緒にいて、知恵をつけているとすれば、その金額は、はんぱではないと、思います」

「億単位？」

「ええ。差し当って、一億円ぐらい要求し、そのあと、何処かに落ち着いてから、また大金を、要求すると、思います」

「そうだとすると、花田の取引銀行を、監視する必要がありますね」

「それは、県警に、お願いします」

と、十津川は、いった。

直ちに、県警の刑事二人が、花田の取引銀行に、飛んだ。

最初、その銀行の支店長は、プライバシーのことだからと、協力を、ためらったが、殺人事件の捜査ということで、承知してくれた。

一時間後、二人の刑事から、木村に、連絡があった。

「今、花田から、支店長に、電話がありました。一億円の小切手と、一千万円の現金を、自宅の方に、至急、持って来てくれという電話だそうです」

と、いう。

十中、八九、有村晴子と、梨田からの要求だろう。

一千万円は、差し当って、必要な現金で、一億円の小切手の方は、落ち着いてからの生活に必要な金額だろう。

このことを裏付けするように、花田は、急にホテルを出て、自宅に、帰ってしまった。

銀行から、小切手と、一千万円の現金を、受け取るためだろう。

十津川と、亀井は、木村の用意した、覆面パトカーで、花田の自宅近くまで、移動した。花田の動きを、監視するためだった。

銀行の軽自動車がやって来て、花田の自宅に入って行った。

小切手と、現金を、持って来たのだろう。

十分ほどして、軽自動車は、帰って行った。

あとは、花田が、金を渡すのを、押さえればいいだろう。その時、有村晴子を、捕えられれば、今回の事件について、解決のメドがつくに違いない。

「花田自身が、持って行くでしょうか？」

と、亀井が、きいた。

「それは、行くさ。相手は、有村晴子なんだ。花田の死命を制することの出来る女なんだ。そんな女との取引きを、他人に、委せられる筈がないよ」

と、十津川は、自信を持っていった。

木村も、同感だと、いった。彼も、これが、事件の解決に繋がるという思いで、張り切っていた。

〈通常の誘拐事件と同じだ〉

と、十津川は、思った。

ただ、誘拐されたものが、人間でなくて、過去の犯罪の証拠ということである。

有村晴子は、その証拠を人質にして、大金を要求している。

彼女の背後《うしろ》に、警察官あがりの梨田が付いているとなると、逮捕するのは、普通の誘拐事件より難しいだろう。

木村は、十津川と相談し、誘拐事件と同じ態勢をとることにした。

身代金の受け渡しの時が、勝負という点は、同じだからである。

ただ、被害者の花田の協力は、絶対に、期待できない。

だから、彼の行動を、監視するより仕方がないのだ。

花田の自宅の周囲に、覆面パトカーが、配置された。

だが、花田は、なかなか、自宅から、出て来なかった。

「用心してますね」

と、車の中で、亀井が、いった。

「警察が、張り込んでいることぐらい、覚悟しているだろう。だから、慎重なんだよ」

「午後二時四十分」

と、亀井は、腕時計に眼をやって、

「何処で、金を渡すつもりですかね？」

「わからないが、梨田が、知恵をつけていると思っている」

十津川が、いったとき、花田の家から、真新しいベンツが、出て来た。シルバーメタリックの花田の車である。

十津川の車を含めて、三台の覆面パトカーが、尾行に移る。

花田の車には、花田ひとりしか、乗っていなかった。

（やはり、彼が、自分で、届けるつもりなのだ）

と、十津川は、思った。

シルバーメタリックのベンツは、海岸通りを、白良浜、千畳敷、三段壁と白浜の名所を、走り抜ける。

三段壁のバスストップから、今度は、山手に入って行く。

新旧の空港の滑走路が、見えてくる。

そのあと、白浜スカイラインに入り、また、海岸に出た。

ぐるりと、ひと回りしたのだ。

「警察の尾行がないかどうか、確めているんですよ」

と、亀井が、いった。

誘拐事件の時、よく行われる儀式みたいなものだった。

警察の尾行の有無を確めてから、いよいよ、金の受け渡しになるのだ。

花田の車は、再び、白良浜、千畳敷、三段壁と、さっきと、同じルートを走って行く。

「間違いありませんよ。警察の尾行を、確認しているんです」

と、亀井が、いった。

更に、もう一回、同じルートを、ベンツは、一周した。

四回目に、今度は、白浜空港に向った。着くと、車を降り、真新しい空港の中に、入って行く。

手には、ショルダーバッグを下げていた。

（あの中に、一億円の小切手と、一千万円の現金が入っているのか）

十津川は、尾行しながらそんなことを考えていた。

県警の、刑事たちも、車からおり、空港内に分散して、有村晴子と、梨田の姿を探した。

花田が、ティールームに入って行く。

周囲を見回してから、一番奥のテーブルに、腰を下して、コーヒーを、注文した。

十津川たちは、遠くから、花田を見守った。
花田は、腕時計を見ながら、コーヒーを、ゆっくり飲んでいる。
煙草を吸う。
また、腕時計に眼をやる。
午後四時。
花田は、腰をあげ、ティールームから、出て来た。
「バッグを持っていません！」
と、亀井が、小さく叫ぶ。
ショルダーバッグは、テーブルの下に置いて、出て来たのだ。
（ここで、有村晴子に、渡すことになっていたのか？）
と、すると、間もなく、彼女か、梨田が、ショルダーバッグを取りに来るのだろう。
七、八分して、若いカップルが、入って来て、そのテーブルに、腰を下した。
（そこに座るな）
と、いうわけにもいかず、十津川たちは、じっと、見守り続けた。
カップルが、コーヒーとケーキを注文して、ゆっくり、飲み始めた。
有村晴子と、梨田は、なかなか、現われない。
その中に、若いカップルが、急に、立ち上った。

男が、手に、問題のショルダーバッグを持っている。

（あの二人が、晴子か、梨田に頼まれて、金を取りに来たのか？）

と、十津川たちが、色めき立ったとき、男は、ショルダーバッグを、レジに持って行き、何か、話し始めた。

奥のテーブルを、しきりに、指さしているところを見ると、そのテーブルで、見つけたと、いっているらしい。

（間違えたか？）

と、十津川が、思ったとき、若いカップルは、ショルダーバッグを、レジに預けて、店を出て行った。

「どうします？」

と、木村が、狼狽した顔で、きく。

「もう少し待ちましょう。有村晴子か、梨田が、金を取りに来るかも知れませんから」

と、十津川は、いった。

二人とも、無関係のカップルが、肝心のショルダーバッグを、レジに預けてしまったことは、知らない筈だから、取りに現われることは、十分に、考えられるのだ。

十分、二十分と、経《た》っていく。

午後五時近くなったが、有村晴子も、梨田も、姿を現わさなかった。

「おかしい」

と、十津川は、声に出して、店内に入ると、レジに向って、歩いて行った。

警察手帳を示し、ショルダーバッグを出して貰った。

中を見る。

大きな紙包みが出て来た。

一万円札で、一千万円の束である。

しかし、一億円の小切手が、見つからないのだ。

十津川は、執拗に、バッグの中を調べ、亀井と、木村にも、調べて貰った。

「ありませんね」

「小切手の方は、入れ忘れたか、別に、郵便で送ることにしたんじゃありませんか」

と、二人が、いう。

「違うな。違いますよ」

十津川は、睨むように、眼の前のショルダーバッグを見つめた。

「違うって、どういうことです?」

「花田が、小切手を入れ忘れたか、郵便で、送ることにしたとしても、有村晴子と梨田は、ここに、この一千万円を取りに来なければ、おかしいんですよ。だが、来なかった」

「どうしてです?」

「さっきの若いカップルですよ」

　と、十津川は、ぶぜんとした顔で、いった。

「あの二人が、どうかしたんですか？」

「晴子と、梨田の二人に頼まれて、金を受け取りに来たんですよ」

「しかし、一千万円の束は、持って行きませんでしたよ」

　と、木村が、首をかしげる。

「一千万円は、多分囮《おとり》なんです」

「おとり？」

「そうです。このバッグには、他に、一億円の小切手と、百万か二百万の束が、入っていたんだと思いますね。それが、欲しかったんですよ。一千万円の札束は、警察を、あざむく、見せ金だと思いますね。これが残っていれば、取引きは、失敗したと、警察は、思ってしまう。それが、狙いだったと、思います」

　と、十津川は、いった。

「花田に会って、問い詰めますか？」

　木村が、きいた。

「そんなことをしても、花田は、何も答えないでしょう。ただ、一千万円入りのバッグを、空港のティールームに忘れただけでは、何の罪にもなりませんから」

と、十津川は、いった。

「どうしたら、いいんです？　あの若いカップルを、今から、見つけるのは、大変ですよ」

と、亀井が、いう。

「とにかく、探そう」

と、十津川は、いった。

一千万円入りのショルダーバッグを、一応、預って、店を出ると、十津川たちは、まず、空港のタクシーのりばに向った。

あの若いカップルが、有村晴子たちに頼まれたとすれば、なるべく早く、戻って来いと、晴子たちにいわれているだろう。

と、すれば、バスには、乗らず、タクシーを拾ったと、思ったのだ。

十津川は、若いカップルの人相と、店を出た時間をいい、彼等を乗せたタクシーがいないかどうかを、調べた。

なかなか、見つからなかったが、空港に戻って来たタクシーの中に、一致する車がいた。

「そのカップルなら、乗せましたよ」

と、中年の運転手は、いった。

「何だか、ひどく、あわてていましたね。とにかく、早く、ここから出ろといわれました。誰かに、追われているのか、と思いました」

「何処まで、乗せたんですか？」

「椿温泉ですよ」

と、運転手は、笑顔で、いう。

椿温泉は、剣持美佐子が、隠れている所である。

白浜温泉から、南へ八キロの距離にある小さな入江、その入江に面した温泉である。五軒の旅館だけという小さな温泉だった。

そこに、有村晴子が、梨田と一緒に逃げ込んだとすると、同じ椿温泉というのは、偶然のいたずらだろう。

「そこへ、行ってくれ」

と、十津川は、運転手に頼んだ。

十津川たちは、その運転手の車に乗り、椿温泉に向った。県警の刑事たちが乗ったパトカーが、それに続く。

国道42号線を、走る。

海岸沿いの道である。その傍を、ＪＲの紀勢本線のレールが、伸びている。

十二、三分で、椿温泉に着いた。

一つの旅館の前で、タクシーは、とまった。

国際観光旅館「つばき」の看板が、かかっている。

「この旅館に、二人は、入って行きましたよ」

と、運転手は、いう。

「間違いないんだね？」

十津川は、念を押した。

「間違いないです」

パトカーが着くのを待って、刑事たちは、この「つばき」旅館を、包囲した。

完全包囲が、完成してから、十津川と、木村の二人が、旅館のロビーに入って行って、

「この女が、泊っているね？　恐らく、この男も一緒だと思うんだが」

と、木村が、晴子と、梨田が一緒に写っている写真を、フロント係に見せた。

四十歳ぐらいのフロント係は、緊張した顔で、肯く。

「若いカップルが、会いに来たと思うんだが」

「そのお二人は、もう、お帰りになりました」

と、フロント係は、いう。

カップルは、晴子たちに、一億円の小切手などを渡して、もう、帰ってしまったらしい。

晴子たちの部屋が、三階の菊の間と聞き、その場所を、図面で、確認してから、十津川、木村、それに亀井の三人が、エレベーターで、三階にあがって行った。

客が少いと見えて、館内は、ひっそりと、静かである。

その時、海の方で、大きなエンジン音が聞こえた。

木村の携帯に、部下の刑事から、報告が、入ってくる。

「大型のクルーザーが、接近しています。シーサイドホテル所有のクルーザーだと思われます」

「接岸しても、誰も、上陸させるな！」

と、木村は、厳しく、いった。

晴子を助けに来たのか、それとも、拉致しに来たのか。いずれにしろ、晴子を、警察に渡すまいと、思ったのだろう。

クルーザーは、突然、けたたましい警笛を鳴らした。

一度、二度、三度。

それは、晴子たちに、危険を、知らせているように、思われた。

十津川たちは、それに、せかされるように、エレベーターをおりると、菊の間に殺到した。

部屋に突入する。

中年の男女が、窓から、逃げようとしていた。

「止まれ！　下にも、刑事が待っていて、逃げられやしないぞ！」

と、十津川が、怒鳴った。

それでも、二人は、屋根に出てしまった。が、中庭には、県警の刑事たちが、集って来ている。

「諦めろ！」

と、木村が、叫んだ。

有村晴子と、梨田が、青い顔で、屋根の上に、立ちつくした。

その向うの海の上に、大型クルーザーが、見えた。

キャビンの位置が、高い。そこに、三人の男たちが、立って、こちらを見ていた。

その中に、花田もいるだろう。

「動くなよ」

と、木村が、いい、屋根の上で、不安定な姿勢で、立っている晴子と、梨田に、近づこうとした時、突然、海上から、銃声が、した。

クルーザーの上から、誰かが、銃を射ったのだ。

屋根の一部が、吹き飛んだ。

「伏せろ！」

と、十津川は、叫んだ。

木村と、亀井が、晴子と、梨田を、引きずり倒すようにして、屋根の上に、腹這いにさせた。

十津川は、屋根の上に、突っ立ったまま、拳銃を取り出して、クルーザーに向って、射った。

一発、二発。

拳銃では、射程が、遠すぎるのは、わかっていた。

向うは、ライフルを使っている。

だが、十津川は、構わずに、射ち続けた。

その勢いに、恐れを抱いたのか、クルーザーは、急にエンジンをかけて、ゆっくりと、海岸から、離れて行った。

その間に、木村と、亀井が、有村晴子と、梨田を、菊の間に、連れ戻した。

晴子は、まだ、身体を、ふるわせている。

「あたしを、殺そうとしたんですか？」

と、呟く。

「君を、警察に渡すくらいなら、殺して、口を封じようとしたんだ」

と、十津川は、いった。

晴子と、梨田の二人に、手錠をかけ、階下まで、連れて行き、パトカーに乗せた。

4

十津川は、海上保安本部に電話をかけ、すぐ、シーサイドホテルのクルーザーを押さえ、花田社長を、殺人未遂で、逮捕してくれるように、要請した。

有村晴子と、梨田の二人は、白浜警察署に、連行された。

晴子のハンドバッグからは、予想通り、一億円の小切手と、二百万円の札束が、発見された。

すぐ、訊問が、開始されたが、晴子は、黙秘を続けた。

代りに、梨田が、べらべら喋ってくれた。

彼は、晴子と一緒にいれば、花田をゆすって、大金が、手に入ると計算して、彼女を助け、椿温泉に、逃げた。一億円をゆするのにも、協力したのだが、有村晴子が、逮捕されてしまうと、殺人犯を助けた罪に問われてしまう。

もともと、金欲しさに、晴子と、くっついたのだから、裏切るのも、早かったということだろう。

梨田は、晴子から聞いた話を、いくらでも、喋ってくれた。

「花田に頼まれて、彼女は、シーサイドビューの副社長と、しめし合せて、高梨社長を裏切り、ホテルを倒産させたんだと聞いていますよ。副社長は、もう、外国に、高飛びしているともいっていましたね。高梨社長は、副社長と、有村晴子を、信じ切っていたんでしょう。欺すのは、簡単だったと、いっていますよ。悪い女です。怖い女ですよ。恩のある高梨社長を裏切り、そのあと、シーサイドホテルの花田社長をゆすってるんですから」

と、梨田は、いった。

聞いていて、十津川は、思わず、苦笑した。その晴子に、くっついて、金を貰おうと考えたのは、誰なのか。

梨田の自供を突きつけると、晴子も、観念して、やっと、喋り始めた。

彼女の訊問は、木村警部が行い、十津川も、立ち会った。

「花田に、欺されたんです」

と、晴子は、いった。

「高梨社長を欺して、倒産させたんじゃないのかね？」

木村は、不快そうに、眉をひそめて、いった。

「そうなんですけど、花田は、私を、シーサイドホテルで副社長にしてくれると、いってたんです。それなのに、成功したら、それが、反古《ほご》にされたんですよ。ひどいじゃありませんか」

と、晴子は、いう。

「ひどいのは、君だろう。君たちのおかげで、シーサイドビューは、倒産し、社長夫婦と、娘のゆう子も、死ぬことになったんだ。その責任は、感じているのかね？」

木村が、叱りつけるように、いう。

「それは――みんな花田が、悪いんですよ。悪いのは、あの男です」

と、晴子は、主張する。

「竹下可奈子を、殺したね？」

木村は、質問を変えた。

「あれは、正当防衛ですよ」

「どうして、正当防衛なんだ？」

「あたしの首を、いきなり、絞めようとしたんですよ。シーサイドビューを倒産させた犯人みたいに、いって。仕方なく、彼女を、殺してしまったんです。だから、正当防衛ですよ」

「それを、証明する人間がいるかね？」

「それは、二人だけでしたから――」

「それに、正当防衛なら、どうして、その時、警察に、連絡しなかったんだ？　それどころか、君は、死体を焼いて、犯行を、隠そうとさえしたんだ。それで、よく、正当防衛などといえるな」

木村は、本気で、怒っていた。

彼女の訊問の間に、海上保安本部からの電話が入り、それは、十津川が、受けた。

花田の乗ったクルーザーが、見つからないというのだ。

このままでは、暗くなってしまうだろう。それに、遠洋航海も可能なクルーザーである。何処へ逃げてしまうか、わからない。

十津川は、亀井と、白浜空港に、走った。

ここでは、南紀航空が、セスナでの遊覧飛行を、営業している。

四十五分コースで、一万九千円。

十津川は、そこで、

「燃料を一杯に積んで、飛んで貰いたい」

と、警察手帳を見せて、頼んだ。

「何処へ飛ぶんです？」

「海上で、船を探して貰いたいんだ。シーサイドホテル所有のクルーザーだ。色は白。ここに写真がある」

と、亀井が、手に入れたクルーザーの写真を見せた。

「料金は、頂きますよ」

「もちろん、払うよ」

と、十津川は、いった。

二人が、乗り込むと、セスナは、すぐ、飛び上った。

「まず、椿温泉の沖を探して欲しい」

と、十津川は、パイロットに、いった。

青い、海が、広がっている。

やたらに、広い海だ。漁船が、小さく見える。

花田のクルーザーは、軽く、フィリピンあたりまで、航海できる能力を、持っているといわれている。

と、すると、海外まで、逃亡する気でいるのだろうか？

しかし、彼には、まだ、逮捕状が出ているわけではない。

有村晴子の自供をもとにして、花田を逮捕に持っていくつもりだが、それには、時間がかかるだろう。それまでに、花田は、出国し、海外逃亡を図ろうとするのではないか。

万一に備えて、花田が、スイス銀行に、かなりの預金をしてあるらしいと聞いたことがある。

もちろん、白浜には、帰らないだろう。県警が、待ち構えているからだ。

「私が、花田なら、国内の国際空港へ行こうとするだろうね」

と、十津川は、いった。

「もし、空港が、手配されていたら？」

「その時には、逃げればいい。そう考えているんじゃないか」

と、十津川は、いった。

「そうなると、クルーザーは？」

亀井が、海上に、眼をやりながら、きく。

「この辺で、一番近い国際空港といえば、まず思いつくのは、関西空港だが」

「海上空港ですから、クルーザーで行くには、格好だと思いますが」

「ああ。だが、白浜に近すぎる。心理的に、花田は、遠慮するだろう」

「と、なると、白浜から遠い国際空港ということになりますね」

「多分、沖縄の那覇空港を、考えていると思う。沖縄なら、万一の時には、クルーザーで、そのまま、台湾にだって、逃亡できる」

「何処を探すんです？」

と、パイロットが、きいた。

「沖縄に向ったと、思える。そのつもりで、海上を、捜索したい」

と、十津川は、いった。

「冗談じゃない。沖縄まで飛ぶだけの燃料は、ありませんよ」

パイロットが、大声を、あげた。

十津川は、笑って、

「沖縄まで、飛んでくれと、いってるわけじゃない。沖縄へ向っているクルーザーを、見つけたいといってるんだ。正しく追跡できれば、すぐ、見つかるよ」

と、いった。

地図の上に、白浜から、沖縄本島へ、まっすぐの線を引き、その線上を、飛んで貰うことにした。

「日没まで、一時間二十分しか飛べませんからね。六十分飛んで、見つからなかったら、引き返させて貰いますよ」

と、パイロットは、いった。

「いいよ。それまでには、クルーザーに追いつける筈だ」

と、十津川は、いった。

海面五百メートルぐらいの高度を、セスナは飛ぶ。

十津川と、亀井は、肉眼と、双眼鏡の両方を、使って、海面を、見つめ続けた。

だが、クルーザーは、見つからない。

とにかく、広い海である。十津川は、海の上に、一本の線を引いて、それをパイロットに示して、飛んで貰っているのだが、もし、海上で、千メートル、クルーザーの航跡と、それてしまっていたら、なかなか、見つからない。

二十分、三十分と、セスナは、ひたすら、飛び続ける。

だが、いぜんとして、花田のクルーザーは、見つからなかった。

十津川の頭に、迷いが生れてくる。花田は、沖縄に向ったのではないのではないか。

だが、今更、他を、探すことは、出来なかった。

とにかく、沖縄へ向ったと見て、探すより仕方がない。

「あと十五分飛んだら、引き返させて貰いますよ」

と、パイロットが、いった。

十五分、たった。が、クルーザーは、見つからない。

「引き返しますよ。燃料切れで死ぬのは、嫌ですからね」

パイロットが、いい、十津川も、肯いた。

「これ以上、無理は、いえない。帰りは、もう少し、陸地近くを、飛んで貰いたい」

と、十津川は、いった。

セスナは、反転して、帰路に着いた。

今度は、陸地近いルートを飛んだ。海上保安本部も、まだ、花田のクルーザーを、見つけられずにいるらしい。

間もなく、海面に、闇が、やってくるだろう。そうなったら、花田のクルーザーを見つけることは、まず、不可能だろう。

　突然、パイロットが、

「前方に、白のクルーザー！」

　と、叫んだ。

　十津川は、あわてて、双眼鏡を向けた。

　なるほど、白い、美しい大型クルーザーが、全速力で、走っている。

「確認するから、もう少し、低く飛んでくれ」

　と、十津川は、パイロットに、いった。

　セスナは高度を下げ、クルーザーの周囲を、旋回した。

（間違いない）

　と、確認したとたん、船上から、ライフルが、発射された。

　パイロットは、あわてて機を、旋回させた。

「こんな話は、聞いてなかったよ」

　と、大声を出した。

「この地点は、わかるか？」

　と、十津川は、聞き、海上保安本部に、電話をかけた。

「問題のクルーザーを発見した。犯人は、クルーザーで、沖縄に向って、逃亡中。時速、約十五ノット。地点は――」

「了解」

と、声が、聞こえた。

十津川は、ほっとした。

これで、花田は、捕まるだろう。

有村晴子の証言があるから、有罪は、間違いないだろう。

その結果、シーサイドビューが、復活するかどうか、十津川には、わからない。

ただ、もし、シーサイドビューが、再建されたら、泊りに行ってみたいと、十津川は、思った。

（この作品『紀伊半島殺人事件』は、平成十三年十月、双葉社から文庫判で刊行されたものです）

一〇〇字書評

切り取り線

購買動機（新聞、雑誌名を記入するか、あるいは○をつけてください）	
□（　　　　　　　　　　）の広告を見て	
□（　　　　　　　　　　）の書評を見て	
□ 知人のすすめで	□ タイトルに惹かれて
□ カバーがよかったから	□ 内容が面白そうだから
□ 好きな作家だから	□ 好きな分野の本だから

●最近、最も感銘を受けた作品名をお書きください

●あなたのお好きな作家名をお書きください

●その他、ご要望がありましたらお書きください

住所	〒				
氏名		職業		年齢	
Eメール		新刊情報等のメール配信を 希望する・しない			

あなたにお願い

この本をお読みになって、どんな感想をお持ちでしょうか。

この「一〇〇字書評」を私までいただけたらありがたく存じます。今後の企画の参考にさせていただきます。

あなたの「一〇〇字書評」は新聞・雑誌などを通じて紹介させていただくことがあります。そして、その場合はお礼として、特製図書カードを差し上げます。

前頁の原稿用紙に書評をお書きのうえ、このページを切りとり、左記へお送りください。Eメールでもお受けいたします。

〒一〇一-八七〇一
東京都千代田区神田神保町三-六-五
九段尚学ビル　祥伝社
祥伝社文庫編集長　加藤　淳
☎〇三（三二六五）二〇八〇
bunko@shodensha.co.jp

祥伝社文庫

上質のエンターテインメントを！　珠玉のエスプリを！

祥伝社文庫は創刊15周年を迎える2000年を機に、ここに新たな宣言をいたします。いつの世にも変わらない価値観、つまり「豊かな心」「深い知恵」「大きな楽しみ」に満ちた作品を厳選し、次代を拓く書下ろし作品を大胆に起用し、読者の皆様の心に響く文庫を目指します。どうぞご意見、ご希望を編集部までお寄せくださるよう、お願いいたします。

2000年1月1日　　祥伝社文庫編集部

紀《き》伊《い》半島《はんとう》殺人《さつじん》事件《じけん》　長編推理小説

平成15年9月10日　初版第1刷発行

著者　西《にし》村《むら》京《きょう》太《た》郎《ろう》

発行者　渡辺起知夫

発行所　祥《しょう》伝《でん》社《しゃ》
東京都千代田区神田神保町3-6-5
九段尚学ビル　〒101-8701
☎03(3265)2081(販売部)
☎03(3265)2080(編集部)
☎03(3265)3622(業務部)

印刷所　堀内印刷

製本所　ナショナル製本

造本には十分注意しておりますが、万一、落丁、乱丁などの不良品がありましたら、「業務部」あてにお送り下さい。送料小社負担にてお取り替えいたします。

ISBN4-396-33120-7　C0193

祥伝社のホームページ・http://www.shodensha.co.jp/

祥伝社文庫

西村京太郎

伊豆の海に消えた女

青年実業家が殺され、容疑者の女が犯行を認める遺書を残して失踪。事件は落着したかに見えたが……。

西村京太郎

高原鉄道《ハイランド・トレイン》殺人事件

亀井刑事の姪が信州・小海線の無人駅で射殺された。容疑者の鉄壁のアリバイに十津川警部と亀井が挑む！

西村京太郎

伊豆下賀茂で死んだ女

伊豆に美人テニス選手の殴殺死体！以後立て続けに惨殺事件の現場で必ず見つかる「あるもの」とは？

西村京太郎

十津川警部十年目の真実

東海道新幹線の車内で時限爆弾が炸裂し、乗客が即死。やがて被害者が関わる十年前の事件が明るみに！

西村京太郎

桜の下殺人事件

三河湾・西浦温泉、東伊豆・河津七滝《かわづななだる》と不可思議な殺人の続発。十津川警部は辞職覚悟で犯人を追いつめる。

西村京太郎

殺意の青函トンネル

青森・浅虫《あさむし》温泉で観光客が殺され、北海道・定山渓《じょうざんけい》では行方不明者が…奇妙な符合に隠された陰謀とは？

祥伝社文庫・黄金文庫　今月の新刊

西村京太郎　紀伊半島殺人事件
倒産したホテルをめぐる連続殺人に十津川が挑む

小池真理子　午後のロマネスク
哀切と激情…心に沁みいる17の掌編小説

江國香織他　LOVERS
あなたは今、恋をしてますか？珠玉アンソロジー

戸梶圭太　Reimi（レイミ）　聖女再臨
疑心と血飛沫を呼ぶおぞましき暗黒神話

菊地秀行　〈魔震〉戦線
〈魔界都市〉の謎の核心せつらは魔震の深淵へ

佐伯泰英　秘剣乱舞　悪松・百人斬り
幾重もの罠が待つ薩摩藩邸へ決死の突入！

鳥羽　亮　鬼哭《きこく》　霞飛燕《かすみひえん》　介錯人《かいしゃくにん》・野晒《のざらし》唐十郎
昔、自害した許嫁の兄が鬼哭の剣で唐十郎を狙う

黒崎裕一郎　必殺闇同心　夜盗斬り
直次郎を虜にした美女が頼む殺しの相手は？

山崎えり子　節約生活のススメ【アイデアいっぱい編】
お金と時間を生み出す山崎流、大公開！

幕内秀夫　ごはんで勝つ！
忙しいあなたには、やっぱりこれが一番。

青木直人　中国ODA6兆円の闇
誰のための、何のための「援助」なのか!?